Johann Jacob Romang

Aus freiwilligem Exil

Johann Jacob Romang

Aus freiwilligem Exil

ISBN/EAN: 9783743311138

Hergestellt in Europa, USA, Kanada, Australien, Japan

Cover: Foto ©Andreas Hilbeck / pixelio.de

Manufactured and distributed by brebook publishing software (www.brebook.com)

Johann Jacob Romang

Aus freiwilligem Exil

Aus freiwilligem Exil.

Betrachtungen über Berner-Zustände

von

J. J. Romang,

Alt-Obergerichtsschreiber und Fürsprecher.

Motto:

„Die Wahrheit wird Euch frei machen!"

Bern, 1868.
Im Selbstverlage des Verfassers.

Rückblicke.

Ein genialer Wanderer durch die Schweiz nennt diese irgendwo das Land der Gegensätze. Hätte er den Kanton Bern speziell in's Auge gefaßt, so würde er ihn nicht nur als ein Land der Gegensätze, sondern geradezu als das Land der krassen Widersprüche bezeichnet haben. Zweck der gegenwärtigen Schrift ist es, diese Widersprüche zwischen den Anforderungen, welche an einen demokratischen Freistaat gestellt werden dürfen, und zwischen den wirklich bestehenden Zuständen offen darzulegen.

Vor wenigen Wochen noch dachte ich selbst nicht daran, daß ich mich so bald wiederum mit den öffentlichen Zuständen des Bernerlandes beschäftigen werde. Nachdem ich im Jahr 1865 einen vergeblichen Kampf gegen eine moderne Geldaristokratie, gegen eine den Staat und das Volk in schamloser Weise ausbeutende Clique unternommen hatte, raubte mir diese durch maßlose Verfolgungen, durch niedrige Racheakte meinen Wirkungskreis, und nach den Wahlen von 1866 mochte ich diesem Treiben wenigstens nicht mehr aus nächster Nähe zusehen. In Genf, in meinem selbstgewählten und freiwilligen Exil, beschäftigte ich mich einzig und allein mit den schönen Wissenschaften, bis vor einigen Wochen zu meiner großen Verwunderung das Gerücht auftauchte, ich gehe mit der Herausgabe eines politischen Pamphlets über bernische Zustände um. Dieses grundlose Gerücht genügte der Sippschaft eines Stämpfli,

Riggeler, Vogt u. j. w. vollkommen, um ihren alten Klopffechter, den Dorfzeitungsschreiber Jenni, gegen mich loszulassen, der anticipando die noch ungeschriebene Broschüre und ihren Verfasser nach besten Kräften verschimpfte und verläumdete. Dennoch würden mich diese Beleidigungen nicht veranlaßt haben, die öffentlichen Zustände des Kantons Bern einer Besprechung zu unterwerfen, wenn nicht die dort sich geltend machenden Bestrebungen mir gesagt hätten, daß die Zeit zur öffentlichen Diskussion der in Bern wuchernden Uebelstände gekommen sei. Aus diesem Grunde trete ich heute mit gegenwärtiger Schrift vor die Oeffentlichkeit.

Mein Auftreten, ich bin dessen gewiß, wird eine sehr verschiedenartige Beurtheilung finden. Von vornherein aber mag es mir und meinen Freunden, ja meinen Feinden selbst, zur Beruhigung gereichen, daß ich kein Pamphlet, keine Satire schreibe, wofern nicht die reine und offene Darstellung der Wahrheit an sich schon zur Satire wird. Sollte die wahrheitsgetreue Schilderung unserer Zustände aber selbst schon wie eine Spottschrift klingen, so kann ich es nur bedauern; in diesem Falle ist jedoch der Pamphletist nicht bei mir, nicht auf dem Boden meiner freiwilligen Verbannung zu suchen, sondern auf dem Schauplatze derjenigen, deren Handlungsweise eine unparteiische Besprechung nicht zu ertragen vermag, ohne daß Spott und Tadel laut werden. Für meinen Theil habe ich nur einen Stolz, nur einen Ehrgeiz, nur einen Wunsch; dieser besteht darin: **dem Volke die Wahrheit zu sagen.** Ich bin im Uebrigen ohne Wunsch und ohne Anspruch; ich stehe einzig und allein im Dienste der Wahrheit und meiner tiefinnersten Ueberzeugung und von meinem Volke, von meinem engeren Vaterlande verlange ich nichts, als vielleicht dereinst ein Grab im Schooße der grünen Berge meiner Heimat, die ich so oft besungen. So lange ich aber lebe, muß ich der **Wahrheit Zeuge** sein.

Im Kanton Bern handelt es sich dermal um Erweiterung der Volksrechte. Sonderbar, daß ein Land, welches im ersten Artikel seiner Verfassung feststellt, es bilde einen „**demokratischen**

Freistaat", von einer Erweiterung der Volksrechte sprechen muß, denn naturgemäß sollten diese bereits in vollster Ausdehnung vorhanden sein. Noch unbegreiflicher aber klingt es, wenn diese Volksrechte, wenn Referendum, Veto, Initiative, von Republikanern, von sogenannten Fortschrittsmännern beanstandet, bestritten oder belächelt werden, wenn diese ihrer Einführung einen aktiven oder passiven Widerstand entgegenstellen.

Die Volksrechte bestreiten, das Volk von der Theilnahme an der Gesetzgebung, an der Selbstregierung ausschließen, es unmündig und unfähig zu diesen Funktionen erklären, heißt nichts mehr und nichts weniger, als die letzten Gründe der republikanischen Staatsform und ihre Berechtigung läugnen. Wenn die Behauptung unserer Administrations-Genies richtig ist, daß man dem Volke seine Betheiligung an den wichtigsten Akten der Verwaltung und der Gesetzgebung nur in beschränktem Maße, nur so theelöffelweise gestatten könne, wenn man geltend macht, der Volkswille sei unfähig sich selbst zu leiten und es müssen darum weise Männer an seiner Stelle denken und handeln, so ist es eine nothwendige Folge dieser Theorie, daß die absolute Monarchie die vorzüglichste Staatsform sein müßte, denn in dieser ist das Volk der Mühe des Selbstdenkens am gründlichsten überhoben, während dem regierenden Kopfe der weiteste Spielraum gelassen ist. Dahin gelangt man, wenn man an den ewigen Fundamentalsätzen, auf denen die Republik beruht, herumnörgelt und sie beschneiden, verkleinern und fälschen will.

Unsere sogenannten Staatsmänner müssen einmal von der Ansicht zurückkommen, daß das Volk nur so eine Art juristischer Person sei, wie man in unsern Tagen den Staat in allen Ecken und Enden mit solchen Schattenwesen bevölkert, die nur in der Fiktion des Juristen bestehen, die wie Pilze aus dem Boden wachsen, dann als Eintagsfliegen mit möglichst glänzenden Flügeldecken in der Luft herumsummen und am Ende plötzlich wieder verduften, ohne oft gerade den besten Geruch zurückzulassen. Nein, das Volk ist keine solche juristische, fingirte Person, sondern es ist ein selbstbewußtes Wesen mit Fleisch und Blut; es fühlt, es hofft, es fürchtet, es denkt, es will, es handelt ebensogut wie unsere Regierungsräthe.

Da aber dieses Volk kein Schattenwesen, sondern ein bewußtes, sich selbst bestimmendes und sich selbst erkennendes Wesen ist, so darf es auch nicht im Zustande einer schattenhaften Freiheit, einer nur scheinbaren Entscheidungsbefugniß über sein eigenes Geschick belassen werden.

Es ist merkwürdig, wie oft die ganze Menschheit und wie ein einzelnes Volk einen Jahrhunderte lang andauernden Kreislauf durch alle möglichen Gegensätze und Widersprüche zurücklegen muß, um schließlich wiederum zum Einfachen, zum Wahren und Richtigen zurückzukehren, von welchem man erst ausgegangen, aber dann abgewichen war. Die Geschichte, dieser ewigglühende Feuerherd, an welchem die Patrioten aller Zeiten und aller Nationen ihr Herz erwärmten, gibt uns gerade in Betreff der Volksrechte, wie sie ursprünglich in Bern bestanden hatten, dann lange ausdauernd und verzweifelt gegen die Aristokratie kämpften, endlich ganz erdrückt wurden, wiederum zum Leben erwachten, wuchsen und erstarkten und wie sie nun ihrer Vollendung entgegenschreiten, ganz merkwürdige Aufschlüsse. Man läßt die Geschichte niemals unbeachtet, ohne dafür bestraft zu werden. Deßhalb müssen meine Leser es mir erlauben, ihnen die Entwickelungsgeschichte des Bernervolkes in kurzen scharfgezeichneten Zügen vorzuführen.

Zur Zeit der Uranfänge der Stadt Bern beruhte die Souveränetät auf der Bürgergemeinde. Mitglied derselben war jeder Bürger, der das 14. Altersjahr zurückgelegt und den Bürger- und Huldigungseid geschworen hatte. Diese Gemeinde erließ die Gesetze, sie wählte alljährlich den Schultheißen, die Mitglieder der administrativen Rathsbehörde, die Priester und Lehrer in direkter Wahl. Aus den vier hauptsächlichsten Gewerben, aus denjenigen der Pfister (Bäcker), Schmiede, Metzger und Gerber, erwählte man die vier Venner, sie waren die Pannerträger im Kriege und die Volkstribunen in Friedenszeiten. Während die Bürgergemeinde in ihren ungeschmälerten Rechten fortbestand, hatten diese Volkstribunen übrigens nichts zu thun; das Volk war sein eigener Herr, über ihm stand nur das von ihm angenommene Gesetz; man hatte es nicht nöthig, sich in liberalen Vereinen über Referendum, Veto und Initiative, über direkte oder indirekte Wahlen herumzubalgen. So war die freisinnigste Verfassung, welche das Bernerland zu irgend einer Zeit gekannt hat.

Und in ihrem Schirm ist es groß geworden, dieses stolze, edle Bern; denn nur die Freiheit gebiert den bürgerlichen Muth, die Begeisterung, die Aufopferung, den redlichen Sinn, die Moral und die Tugend. Wir begegnen zwar bereits im 13. Jahrhundert einem Ansprunge der adeligen Geschlechter gegen diese Volksfreiheit; um 1250 war der Rath auf 50, meist vornehme Mitglieder angestiegen. Doch konnte die junge thatkräftige Republik solchen Angriffen nicht unterliegen, ihre sittliche Kraft war zu groß, ihr Gedanke zu berechtigt, zu tief begründet in den innersten Falten reiner Menschenherzen. So wurde im Jahr 1294 die keimende Kraft der Geschlechter gebrochen. Bern wurde wiederum eine durch und durch demokratische Republik, auf Volksherrschaft und rund ausgesprochenen Volkswillen gegründet. Ich mag die Geschichte jener Tage durchblättern, wie ich will, so finde ich keinen politischen Führer, keinen vergötterten Volkstribunen, keine Coterie, überhaupt keine Namen, denen solches Werk zuzuschreiben wäre. O nein, es war das Werk eines sittlichen und opferfreudigen Volkes, es war die That des öffentlichen Willens, die That der Gesammtheit, des öffentlichen Gewissens, von welchem Edgar Quinet sagt, daß es unserer schalen Zeit abhanden gekommen sei. Es muß wieder erwachen, dieses öffentliche Gewissen! Es schlägt in den Volksrechten!

Unter seiner Führung schlug Bern seine Laupenschlacht. Man weiß es nicht mehr genau, ob ein von Erlach dabei befehligte, ob ein Anderer. Das aber weiß ich gewiß, daß das öffentliche Gewissen dabei war, daß es schlug, daß es blutete und siegte. Wo ist der Berner, dem nicht das Herz schwillt und zuckt und zittert beim bloßen Nennen dieser ersten Freiheitsschlacht des demokratischen Bern? Nicht die schwarzrothen Farben haben dort gesiegt, nicht ein

Erlach, nicht ein Venner, nicht die mauligen Metzgerbursche, sondern das rege öffentliche Gewissen, die Volksfreiheit, die Volksrechte. Bern brach darauf rings herum die Burgen des Adels. Es that mehr. Es befreite die Leibeigenen; es gab den Menschen ihre unveräußerlichen Menschenrechte zurück. Man wird es begreifen, wenn ich mich zum demokratischen Geiste der Väter zurücksehne. Sie sind in ihre stille Gruft hinabgestiegen, diese Väter, und ihre Werke folgten ihnen nach, mehr als es für die Enkel nöthig und wünschbar war. Und doch hatten sie ein großes Erbe hinterlassen, denn sie schieden frei und sie ließen neben sich freie, nur mit dem Blute gemeinsam durchgefochtener Kämpfe an sie gekittete Brudervölker zurück. Ich nenne die freie Landschaft Hasli, im Wyßland, die in der Fehde gegen die Herren von Weißenburg durch die Berner unterstützt worden war und ihnen im Jahr 1334 huldigte. Saanen trat 1404 in Burg- und Landrecht mit Bern. Beide Landschaften behielten ihre ungeschmälerten Freiheiten, ihre Selbstgesetzgebung, ihre Landsgemeinde; sie zahlten nur die mäßige Reichssteuer nach Bern und sagten ihm die Heerfolge in Kriegsfällen zu. So handelte das demokratische Bern; der freie Mann mochte neben sich auch nur freie Männer sehen. Aber im Laufe des fünfzehnten Jahrhunderts sollte es anders kommen; man verließ die Volksrechte, die Volksfreiheit, die ewigen Grundsätze des Freistaats und mit ihnen auch die Einfachheit, die Bürgertugend, das öffentliche Gewissen, ohne welches keine Republik in Wahrheit bestehen kann.

Gegen das Ende des fünfzehnten Jahrhunderts wurde die Bürgergemeinde selten und endlich gar nicht mehr besammelt; an ihre Stelle war unvermerkt ein Großer Rath von 300 Mitgliedern getreten, die auf gar sonderbare Weise gewählt, man möchte fast sagen herausgewürfelt wurden. Freilich durfte solches Würfelspiel sich nur inerhalb der Schranken gewisser Familien bewegen. Das ganze Wahlsystem beruhte nun auf den Vennern der vier Zünfte, ferner auf den Sechszehnern, d. h. vier aus jeder Zunft gewählten

Männern und auf den Mitgliedern des kleinen Rathes. Diese bildeten die Wahlbehörde für sämmtliche Staatsstellen; die Zünfte und die Bürgergemeinde hatten alle politischen Rechte verloren und Bern sank zu einem Freistaate herunter, der diesen Namen in keiner Weise mehr verdiente.

Gleichen Schritt mit der innern Unfreiheit Bern's hielt die Bevogtung der mit ihm verbundenen Landschaften, der nachmals von ihm eroberten Waadt und des Aargau's. Wohl ließen sich die Volksrechte nicht ohne Kampf erdrücken. Ich erinnere an das Aufflackern des Venners Kistler, an die Unterdrückung der oberländischen Landschaften zur Reformationszeit, denen man gleichzeitig den neuen Glauben aufdrang und die Volksrechte nahm, an das Verbluten eines Hans im Sand, eines Statthalters Gorner auf der Höhenmatte zu Interlaken, an den Bauernkrieg, an die Schilderhebung eines Major Davel, eines Samuel Henzi. Diese Lichtblicke stiegen auf wie Leuchtraketen in finsterer Nacht, aber sie vermochten die tiefe Finsterniß nicht zu verdrängen, welche sich über das unglückliche Bernerland hingelegt hatte. Mit voller Berechtigung rief Henzi auf dem Schaffot, als der sonst so gewandte Scharfrichter ihn mit seinem ersten Hieb nur in die Schultern traf: „Ist denn in dieser Republik Alles verdorben bis auf den Scharfrichter herunter!"

Ich muß bei dieser Henzi'schen Verschwörung einen Augenblick verweilen, weil diese uns zeigt, welch' traurige Folgen das Abkommen von den demokratischen Grundsätzen für ein Volk und für seine Regierung nach sich zieht. Die meisten bernischen Geschichtschreiber haben die einem Henzi, Vernier und Fueter durch Folterqual entrissenen unwahren Geständnisse für baare Münze hingenommen und schmiedeten daraus eine Schauergeschichte, deren Unwahrheit sich mit Handschuhen greifen läßt. Wer mit der Menschengeschichte in der Hand, mit dem heiligsten Buche, das die Menschheit besitzt, vor diese hintritt, der muß ihr die Wahrheit, nichts als die Wahrheit, aber auch die ganze nnd volle Wahrheit bieten. Henzi und seine Genossen hatten nichts Anderes beabsichtigt, als Mehrung bürgerlicher Liebe und Eintracht, Entfernung der bevorzugten Kaste von den öffentlichen Geschäften, Wiederbelebung der Bürgergemeinde, der Volksrechte. Vor mir liegen die Briefe zweier Patrizier aus der damaligen Zeit, zweier ergebenen Freunde und Anhänger des damaligen Systems. Hören wir nun, wie der Eine von ihnen sich über die Hinrichtung und über den Charakter Henzi's ausspricht und glauben wir fortan nicht mehr daran, daß dieser Märtyrer der Freiheit etwas Unrechtes gewollt habe; lassen wir den Todten wenigstens Gerechtigkeit wiederfahren!

Der Brief dieses Gegners unseres Henzi lautet:

Bern, den 19. July 1749.

„Mit diesem melde, wie daß die Criminal-Prozedur gegen die Inhaftierten continuirt biß verwichenen Dienstag, darauf dann Mittwochs den drey vornehmsten Rädelsführern, Lieut. Fueter, Hbt. Hänti und Marchand Vernier der Prozeß gemacht worden, welcher dahin ausgefallen alle drey enthauptet zu werden, dem Fueter als welcher wegen seiner Charge in Eydt und Pflicht gestanden, solle die rechte Hand abgehauen werden und ward die Execution am Donstag vollzogen. Mittwochen Abend rückten zwei Compagnien Dragoner in die Stadt, welche den Maleficanten zum Begleit dienen sollten. Donstag Morgen um 7 Uhr wurden selbige aus der Gefangenschaft vor den Richterstuhl geführt, allwo ihnen ihr Verbrechen überhaupt sammt dem Urtheil vorgelesen worden. Der Zug geschah in folgender Ordnung, zuerst 1 Compagnie Dragoner, hernach 50 Mann Infanterie, in ihrer Mite der Vernier, sodann 50 Mann mit dem Hänti und auch soviel mit dem Fueter zuletzt die 2 Compagnien Dragoner. Von dem Richterstuhl geschahe der Zug bis auf gewohnte Richtstat allwo enthaubtet, und zwar, welches merkwürdig und bedauerlich, den 2 ersteren mußte man die Köpfe mit dem Messer nach vollends abhauen, und der letztere bekame drey Streich, davon der erste in die Schulter gienge, worauf er laut zu schreyen angefangen. Während der Exekution ware in der Stadt alles in Gewehr und alle Posten verdoppelt, solche Anstalten sind so lang Bern stehet bei keiner Exekution vorgegangen.

Der Hänzi ist mit vieler Großmuth und Unerschrockenheit gestorben, redte seynen beyden Consorten zu, wie sie getrost seyn sollten, indem sie nach kurz überstandenem Leiden einander an einem bessern Ort antreffen werden. Auf der Richtstat nahm er seinen Pfarrer auf die Seiten, und redte eine gute Weil mit Jhme, worauf er von selbsten hingieng und sich auf den Stuhl setzte. Es war ein Mann von großem Verstand und hohem Geist."

So urtheilt ein Zeitgenosse des viel angefeindeten Revolutionärs, einer seiner Gegner. Auch er findet es unerklärlich, daß die Ungeschicklichkeit des Scharfrichters von Bern die Leiden der drei unglücklichen Männer in solcher Weise verlängerte. Man liest nirgends etwas davon, daß er sich deshalb zu verantworten hatte. Und doch sollte man meinen, der Scharfrichter von Bern, der zur damaligen Zeit alljährlich seine 20 bis 25 Leute vom Leben zum Tode brachte, hätte Gelegenheit genug gehabt, sich im Kopfherunterschlagen einige Virtuosität zu erwerben. Wer sich ein kulturhistorisches Bild der damaligen Zeit entwerfen will, der lese nur die Aufzeichnungen der Scharfrichter im sogenannten Thurmbuche. Ganz besonders empfehle ich diese Lektüre dem Großen Rathe des Kantons Freiburg, aber auch unsern bernischen Herren Großräthen, die in nicht so gar ferner Zeit in einem und demselben Jahre acht Köpfe herunterschlagen ließen.

Doch, was wollen wir mit dem Scharfrichter vom Jahre 1749 und gar mit den Großräthen unserer aufgeklärten Zeit rechten? Besser ist's ich lasse ein Aktenstück folgen, das die Anschauungsweise über das Wesen der Republik, wie sie um die Mitte des vorigen Jahrhunderts in Bern sich geltend machte, in ihrem richtigen Lichte kennzeichnet. Die folgende Vertheidigung, welche der nachmalige Appellationsrichter Junker Alexander von Wattenwyl von Landshut für Henzi und seine Genossen hielt, beweist klar, wie tief der Unterthanenrespekt sogar diesem saubern Vertheidiger in die Glieder gefahren war:

„**Vorspruch bei dem Todten Urtheil der am 3. Juli 1749 in Bern unglücklich hingerichteten.**

„Hoch=Wohlgebohrner gnädiger Herr Schultheiß Hochwohlgebohrne gnädige Herren.

Der Thron vor welchem ich stehe, die ansehnliche Versammlung die ich anreden soll, mehr aber noch der Vorwurf selbsten Meiner Red, hat mich mit solcher Ehrfurcht eingenommen, daß die loternde Knie dem Leib, das beklemmte Herz dem Mund bald alle Hülfe versagen;-jedoch Gnäd. Hr. ich soll reden, ich soll mit Vertrauen reden, ich soll Gnade rufen, dessen Großmuth soll ich anruffen, der selbst so hoch ist beleidigt worden. Ich darf es thun, dann er selbst hat es befohlen; Was soll ich nicht vor ein Vertrauen in dero Gnade setzen, die mir selbst vor 2 tagen zugeruffen, Rede den Missethätern das Wort. —

Dörfte ich noch die zarten Nämen brauchen, die Namen die gleich zum Herz bringen, die bei uns alte Liebe, Vertrauen und Zuneigung erwefen, die Nammen von Mitburgeren: Was häte ich nicht von den Regungen, die Sie Gndg. Hr. in allem erwefen wurden zu verhoffen.

Aber leider! nein! diejenigen vor die ich reden soll, gestehen selbsten: Wir sind deren nit mehr würdig, wir verdienen nicht mehr Burger zu heißen, wir haben die Bande zerrissen, mit welcher wir die=ser Gesellschaft verbunden waren in unser eigen Eingeweid haben wir gewütet, wir haben nach dem Scepter gegriffen. Wir haben unsere eigenen Väter verrathen und diese beleidigten Väter selbst wollen uns noch anhören. Sie lassen uns nachfragen. Ihr die ihr vor kurzem unsere Kinder waren, die wir mit zärtlichkeit noch reichlich versorgt wie komts? Daß Ihr nit nur allen Eurer Pflichten; son=der gar die Menschlichkeit ausgezogen habt.

Ich soll vor Sie antworten Gnd. Hr. und soll zum voraus in Ihrem Namen die Gunst auszubiten, daß Hochdieselben mehr Dero natürliche Neigung zur Gnad als Meinem schwachen Vortrag Gehör geben wollen.

Die Empfindung des Gemüths, welche Man die Selbstliebe nennt, gleich wie Sie die Quell aller Tugenden ist, wann ihr Gegenstand, Ordnung, und Gerechtigkeit ist, wird zur Wurzel alles bösen, wann Ungerechtigkeit Neid und Ehrsucht derselben ausmachen. Sie mehret diejenigen Begriffe, ersteket die Stimme des Gewüssens. Sie schmeichelt dem Herz, seine Zung wird vergallt, sein Geblüt kochet nichts als Mord, seine Stimm ruffet nur Rach, er wird toll, Hirnmüthig, unsinnig, er gibt Gehör den Rathschlägen der Verführeren, er rennet nach dem eingebildeten Glück, das sie Ihme vormalen und fallet endlich in das Verderben. Wir haben Heüt ein trauriges Beyspiel von dieser Wahrheit vor den Augen an denen 3 Delinquenten, dem Lieüt. Fueter, Marchand Vernier, Haubt. Häntzi, alle drey zeitlichen Vermögens halber in den übelsten Umständen, alle drei von der verdammten Ehrsucht bezaubert, alle drey in der betriegerischen Einbildung, daß Sie zu etwas großes erkohren, haben sich auch zugleich in das größte aller Unglücken gegestürzet, — namlich in die Ungnad ihrer natürlich und gnädigen Obrigkeit indem sie sich des verabscheueten Lasters des Hochverraths und der Perduellion schuldig gemacht.

Was können sie Gnäd. Hr. vor Entschuldigungen darüber anbringen. Wir sind arme Sünder, wir haben nach dem Scepter gegriffen, nach dem Scepter, der sich niemahlen anderst als zur Gnad gegen uns geneigt! Wir verdienen kein Gehör mehr! Wir haben den beleidiget, der uns nur gutes gethan, Wir sind des Todes würdig aber Gnäd. Hr. wie unverdient ist nit Deroh Langmuth? Sie haben nicht nur die Vergichten mit der größten Gedult angehört! Ich solte noch aus Dero Befehl wiederhohlen, was die Inquisition in ihrer Versprechung angeführt, Dero Großmuth neiget sich zur Gnad, — Höchstdieselben wünschen noch in diesem Augenblick, daß das, was Sie der Sicherheit der Regierung, den Ruhstand des Volks, der allgemeinen Ruh selbsten schuldig sind, die Todes Urtheil der Gerechtigkeit nicht abzwingen möchte. Wollte Got! spricht ein jeder mit mir in dieser Hohen Versammlung, daß diejenige, die in unseren Thoren gewohnt, keine Missethat schuldig wären.

Sie erwarten Gnäd. Hr. daß Jhnen Gründe zur Milterung Jhrer Urthel an die Hand gegeben werden.

Ich will vorderſt den Fueter ſelbſt reden laſſen. p. 34.

„Er habe als ein halb desperater Menſch ſein Leben nicht „geachtet ſobald Jhme Gabriel Fueter von dem leidigen Projekt „geredt, dem Complot beygefügt ſeine fortun wäre in ein engeres „Zihl eingeſchränkt geweſen: Er ſahe ſeiner Lebtag nichts vor, als „die nemliche Lieüt. Stelle, die er in der Stadtwacht bedienet."

Die Ehrſucht, welche der Mangel in welchem er ſich befunden, nur mehr angefeüert, machte Jhne beglaubt, daß er zu mehrerem Glück gebohren ſeye; ſein Vater redte Jhne zu der Zeit an, da er in tiefem Nachdenken über ſeine Umſtänd wäre: Er giebt Gehör ſeine Einbildung wird durch die verhofte Verbeſſerung ſeines Zu= ſtandes geſchmeichelt, alle Nahreü wird ihm in folgender Ver= ſammlung bey Küpfer im Sulgenbach benommen; Mann legte dorten Copeyen von allen Schriften vor; Mann redte wieder von der alten vormahligen Regierungsform, ſeine Einbildung verwirrte ſich je länger je weiters, er gerathet in einer Gatung Tollheit und glaubt ſich bald ein Beſchüzer eines Volkes zu ſeyn daß er in der That durch ſeine kühne Unternemmung ſich in das äußerſte Ver= derben geſtürzet häte.

Samuel Nikolaus Vernier der Marchand der zweite unglück= liche Antheilhaber an dem Complot, ich bediene mich der Verbalien der Procedur. S. Fol. 1.

„Beruft ſich ebenmäßig auf die betrübte Situation in deren er „ſich befunden, indem er völlig ruinirt ſeye und in ſeiner Hand= „lung ein großes Unglück nach dem anderen ausgeſtanden, ſolches „habe Jhn endlich wie ganz desperat in einer unglückhaftigen „Viertelſtund vermögen dieſem Complot ſich anzuhenken, nachdem „gleichwohlen lang resistirt, ohngeachtet er öfters darzu angeſtif= „tet worden, darzu hat noch geſchlagen, ein zwar unbilliges, den= „noch in ſeinem Gemüths=Umſtand ſehr empfindliches Vergnügen. „Wann eine Gluth glimmt, ſo erwecket die mindeſte Luft ſo darein „fällt liechterlohe die Flammen."

Lieut. Fueter trift ihn unglückhafterweise in dieser Gemüths=
bewegung an, redet nur von geziemender Vorstellung, die Sie Ihrer
Oberkeit vorzutragen gesinnet wären; er giebt Gehör allein leider!
Er gehet weiter, er wird bald hernach in Eydespflicht aufgenommen,
wohnt den zwey Versammlungen bey, er ist verstrickt und ist ein
Verschworner.

Hauptmann Samuel Hänzi beschreibt die Ursach, welche
Ihn Vermögen in den leidigen Complot zu treten folgendermaßen
folio 84. der Procedur. —

„Nachdem er von Mghrn. und Oberen gnädig pardonirt
„worden, habe er sich geschmeichelt etwann einen Posten zu erhal=
„ten und zwar habe er eine ziemliche lange zeit die Station eines
„unter Bibliothecarii mit allem Fleiß bedienet, nachwerts da die
„Stelle eines Bibliothecarii in Erledigung gekommen und er sich
„um selbige beworben, habe er dabey gesehen, daß er nicht hoffen
„solle einerseits dann an seinen Mitlen und namlich an der Dra=
„tau (ware sein Lundgut also geheißen) einen nahmhaften Schaden,
„auch insonderheit bey der Versteigerung seines Wohnhauses von
„1000 Thaler erliten, daß er in solcher Situation denjenigen desto
„ehender Gehör gegeben so Ihm zu dergleichen Sachen veranlaßet."

Bei allem angehörter maßen Gnäd. HH. ersehen Höchstdieselben
was die Ehrsucht und Desperation vermögen. Sie haben auch
aus Anhörung der völligen Vergichten ersehen, in welch unsinnige
Tollheiten die unglücklichen Inquisiten gerathen Ihr ganzes Complot die gesammte Verschwörung sehen einer verwirrten und När=
rischen Hirngespinnst — gleicher als einen Conspiration ohne Hülf
von Außen, ohne genugsame Verständnuß unter Ihnen selbsten,
ohne Gelt, ohne Ansehen nemmen ein paar in Verzweiflung stehende
Burger unmögliche Dinge vor. Wann Sie aller ihrer Vernunft
wären beraubt gewesen, wie häte es Ihnen in Sinn kommen
können, daß die gerechteste, daß die gelindeste Regierung in ihrer
wesentlichen Verfassung ohne Verderbung derjenigen, welche so
unbesonnen gewesen wieder Sie zu Conspiriren, könne angegriffen,
vielweniger gestürzet werden, hätten nicht die Steinen Kinder und

Rächer gezeüget? hätten nicht alle wohlgesinnten Burger Raach geruffen? Wäre nicht das ganze Land wieder Sie aufgestanden? sprechende: Was habt Ihr an unseren Vätteren. Ihr Blut komme über Euch und Euere Kinder.

Nein Gnäd. HH. ich kann solches nicht genug wiederholen das Complot war unsinnig. Ihr sitzet auf dem Thron der Gerechtigkeit!!!; Gnad laufet von demselben auf allen Seiten herab, je fester Ihr sitzet, je mehr Gnad könnet Ihr walten lassen, bestrafet die Tollheit und vergebet den Aufrührern! ein Kind das wieder seinen Vatter die Händ aufhebet, wird mit der Ruthen abgestraft, Erwachsene welche sich an Ihren Eltern vergriffen werden als Criminal angesehen. Man giebt der Schwachheit des Verstandes nach, hier zeigen sich die größten Blödsinnigkeiten, ja Tollheit ohne alle Vernunft. —

Wann Sie zuletzt erwägen Hochwohlgeb. Gnäd. Hrn. die aufrichtige freywillige Geständnuß der Delinquenten, so werden Sie sich ja noch desto leichter zur Gnad lenken lassen. Blos sind sie in Verhaft gesezt, so gestehen Sie ihre Fehler, sie erflehen Dero Erbarmen an, Sie bezeügen Ihre Reüe, endecken alle Umstände ihres Anschlags, Sie lassen keinen Missethäter im Verborgenen. Die Regierung solle keine einheimische Feind mehr haben. Ew. Gnäd. HH. soll in völlige Ruhe gesetzt werden, wer auch nur im geringsten impliciert kommt an Tag, der leidige Vorsatz ein Verräther am Vaterland zu werden verschwindet. Das Burger Herz bricht wieder hervor Reüe und Vertrauen stehen an Plaz der Rache und des Vergnügens.

Dieses freye Geständnuß Gnäd. HH. haben Sie schon bewegt, darinn ihre Gnad den Delinquenten verspühren zu lassen, daß Sie Ihnen darum mit der Marter verschonet haben, *) die Gerechtigkeit gebietet Ew. Gnad. zu bestrafen und Dero Langmuth die Missethäter nit zu quälen die ganze Welt wird Dero Gelindigkeit rühmen, die Inquisiten selbsten müssen Sie bewundern, und ist

---

*) Eine freche Lüge.

bei Ihnen die Reue eine großmüthige Obrigkeit beleidigt zu haben, ein Theil ihrer selbst wohlverdienten Straff.

Sie liegen in diesem Augenblick auf ihren Knien darnieder. Sie schreyen zu Got, Herr vergieb uns unsere Sünden. Sie flehen an unsere Barmherzigkeit, nit um Ihr Leben, dann Sie müssen wohl, daß Sie solches mehr als zuwohl verschuldet haben, aber um einen gelinden Tod.

Ihr Leib ist verloren, Ihr Name soll von der Erden verbannt werden, allein die unsterbliche Seel bleibt ewig; Diese befehlen Sie Ihnen Gnäd. HH. nebst Got. Sie empfehlen Ihnen auch Ihre arme Weib und Kinder, diese sind an allem unschuldig. Lassen Sie Ihre Ungnad mit Ihnen absterben und bleiben Sie ihrer hinterlassenen Vätter wie Ihr solches vom ganzen Volk sind! Diese in thränen zerrinnend, biten fußfällig von der unerschöpflichen Barmherzigkeit Ew. Gnad. um die Leichname ihrer unglücklichen Männern und Vätteren, damit Sie solche in aller Stille in ihrem Eigenen zur Erde bestatten möchten.

Nun der Herr segne noch ferner Dero Regierung! er wende noch ferner in allen künftigen Zeiten ab die Vorschläge der Bösen! Er wolle in die ewige Nacht der Vergessenheit senken, daß jetzt Berner wieder Berner sich aufgelehnt, daß jemals Leüthe in Dero Ringmauren gebohren, welche die geheiligte Majestät Dero gerechten Regierung angegriffen.

Machen Sie sich durch Dero Gnad noch unsterblicher; das ist das Letzte was ich ruffe: Gnad in der Todesstraf! Gnad gegen deren hinterlassenen! Gnad gegen die Missethäter! der Herr lasse Sie lang blühen! Und daß Dero späteste Nachkommen Ew. Gnad. Großmuth bewundern müssen."

Da haben wir also das reinste Gottesgnadenthum unserer hohen Landesobrigkeit in seiner höchsten Beweihräucherung. In der Geschichte zivilisirter Völker gibt es wohl kaum ein zweites Beispiel, wo ein Rechtsanwalt seine heiligsten Pflichten gegenüber dem Angeschuldigten in so schamloser Weise verletzt hätte, wie es hier geschah. Den Kopf der Revolutionäre gibt er von vorneherein und als selbstverständlich verloren, er bittet nur um Gnade für ihre Familienangehörigen, die keine Schuld an dem angeblichen Verbrechen treffen konnte. Dennoch wollen wir kein zu strenges Urtheil über diesen Fürsprecher von Wattenwyl fällen, denn aus seinem „Vorspruche" sprechen eben die Vorurtheile, die Verirrungen seiner Zeit; jener Zeit, wo man das Wesen der Republik vergessen hatte. Leider mußte es wiederum dem Kanton Bern und dem Jahre 1864 vorbehalten bleiben, dieser Ausschreitung eines Anwaltes zu Ungunsten des Angeschuldigten, eine ebenso große Pflichtverletzung zu Gunsten zweier des Giftmordes Angeklagten und einen schändlichen Betrug an der öffentlichen Meinung zur Seite zu stellen. Dies war der Fall in der Demmegeschichte, wo die Vertheidiger Vogt und Aebi alle Beamten mit Koth bewarfen, die irgendwie ihre Pflicht erfüllt hatten und nicht willige Figurantenrollen in der skandalosen Justizkomödie spielen wollten. Ich habe zu dieser Geschichte einige neue Thatsachen und Beweismittel beizubringen, die darzuthun geeignet sind, welch' gefährliches Spiel die Clique, die bernische Regierung Nr. 2, mit der öffentlichen Meinung und mit der Gerechtigkeitsliebe des Bernervolkes getrieben.

Doch, greifen wir nicht vor, sondern führen wir erst unsern Abriß der Geschichte des Bernerlandes zu Ende. Von der Erhebung Henzis hinweg wurde es mäuschenstill in den bernischen Städten und Landschaften; die Volksrechte und die Volksschulen lagen gleich ohnmächtig darnieder und durch tiefe Nacht rollte diese aristokratische Republik ihrem dunkeln Verhängniß, ihrem unausweichlichen Verfall entgegen.

Eines aber muß man auch diesem Regimente lassen; es verwaltete mit großer Sparsamkeit und der materielle Wohlstand im Lande blühte. Wohlfeiles Geld war auf Grundpfand hin in Hülle und Fülle zu haben; die Staatskassen waren wohlgespickt mit Berner-Dublonen und Neuthalern, die Kornhallen standen voll Korn und die Staatskeller gut gefüllt mit Wein. Hier gerade habe ich nun ein Wort mit denjenigen Patrioten zu reden, die da meinen, man solle das Volk einfach für sein materielles Gedeihen sorgen lassen, aber es seine kostbare Zeit nicht mit politischen Dingen verlieren machen. Gilt dies als Inbegriff aller Staatsweisheit, so finden diese Patrioten in der aristokratischen Republik Bern, wie sie vor 1798 bestand, ihren Musterstaat, denn an materiellem Wohl gebrach es nicht darin. Und doch brach dieses Gebäude krachend zusammen, als die Waadt, um ihr Joch abzuschütteln, die Franzosen ins Land rief. Warum? Weil die Freiheit, die Betheiligung Aller am Gemeinwohl fehlte, weil keine Begeisterung der Bürger für ihre Institutionen vorhanden war. Woher hätte sie auch kommen sollen? Bei dem Selbstergänzungsrecht des Rathes, bei dem repräsentativen Ballotage- und Würfelspiel um die öffentlichen Aemter glich der Staat Bern einer ganzen Menge von ineinandergelegten, immer kleiner werdenden Schachteln. Die äußerste Schachtel, aus grobem Pappendeckel, war das Volk der Landschaften; es bildete nur die Umhüllung, die Emballage. Dann kam die Schachtel der Stadt, weiter diejenige des Großen Rathes, der regimentsfähigen Geschlechter, der Sechszehner und des Kleinen Rathes. In der innersten Schachtel aber befand sich die wohlgepuderte Perrücke des regierenden Schultheißen und Berndublonen in Menge. Der erste Bajonnetstoß der französischen Republikaner drang durch alle diese Schachteln aus Pappendeckel durch und durch; die Perrücke wurde ausgestäubt und die Dublonen weggenommen. Damit hatte auch all' die Herrlichkeit dieses vormundschaftlichen, fürsorglichen, materiellen Musterstaates ihre Endschaft erreicht.

Wohl versuchte es noch eine Handvoll Tapferer in den Riß zu stehen, allein diese Kämpfer konnten nur die alte Waffenehre retten und heldenmüthig verbluten. Die unauslöschliche Liebe zur Heimat trieb die Leute bei Neueneck, bei Lengnau und Büren, bei Fraubrunnen und bei Laupen in den Kampf, sie schlugen sich für Weib und Kind, für Haus und Hof, für den ererbten Waffenruf, — aber nicht für ein freies Vaterland. In Wahrheit, sie mögen von merkwürdigen Gefühlen bewegt gewesen sein, diese mannhaften

Vertheidiger der nationalen Ehre, als durch den Donner der Geschütze die Lieder der Freiheit zu ihnen herüberrauschten und ihre Reihen mehr erschütterten, als der feindliche Kugelregen!

So sank das alte Bern; die Waadt und der Aargau wurden von ihm abgetrennt. Es folgten sich die verschiedenen helvetischen Verfassungen in rascher Reihenfolge. Sie behagten dem Lande, dem Volke nicht; es erging ihm damit wie den halbverhungerten Nothleidenden in Ostpreußen und in Afrika, denen man ein Stück Brod reicht: der abgeschwächte Magen kann die ungewohnte Nahrung nicht mehr ertragen. Ganz gleich erging es dem Bernervolke mit der ihm vom Auslande gereichten demokratischen Kost; der Unterthanengeist war ihm in Fleisch und Blut übergegangen; eine aristokratische Luft lag über dem ganzen Lande, ja sie ist heute noch nicht ganz gewichen und wir kauen und verdauen heute noch an den Ueberbleibseln jenes repräsentativen Schachtelsystems früherer Jahrhunderte. So half das Volk selbst die alte Ordnung der Dinge in wenig veränderter Form wiederherstellen und es dauerte lange, bis der ausgestreute Same demokratischen Lebens keimen und Wurzeln schlagen konnte auf Bernerboden.

Erst in der Dreißiger-Bewegung ging diese Saat auf. Diesmal kam von Frankreich her kein Impuls durch Waffengewalt, sondern nur eine Anregung der Ideen und nun machten die Volksrechte einen großen Schritt vorwärts. Das Land erhielt seine gebührende Vertretung im Großen Rathe und in den Behörden, die Privilegien der Geburt und des Ortes sanken; aber mit dem Volksgeiste sprang man doch ungemein vorsichtig um, weil die Magnaten der kleineren Städte und des Landes, welche die Patrizier abzulösen kamen, diesen Volksgeist für ein äußerst feuergefährliches Ding ansahen; man glaubte ihn vorerst durch verschiedene Retorten abklären zu müssen, bis am Ende der Destillation die richtige Creme der Regierung obenaufschwimme. Das allgemeine Stimmrecht wollte noch nicht munden; statt der Bürgerversammlung, der Volksgemeinde, schuf man die Urversammlungen mit einem wenn auch mäßigen Census. Diese wählten die Wahlmänner, diese die

Großräthe, der Große Rath ergänzte sich und wählte dann das Obergericht, den Regierungsrath und die Sechszehner, diese beiden letztern vereinigten Behörden wiederum die Bezirksbeamten. Man konnte das alte Schachtelsystem nicht vergessen.

Indessen verdanken wir dieser Dreißiger-Periode viele vortreffliche Einrichtungen. Die Hochschule, die Hebung der Volksbildung, die Gründung der Ersparnißkassen, die Förderung des Landbaus und der Viehzucht, Anlagen vieler guten Straßen, und eine durch und durch geordnete, ehrliche Verwaltung in allen Zweigen des Staatshaushalts, — das sind die rühmlichen Vorzüge der Dreißiger.

Doch, wo viel Licht, da fehlen auch die Schatten nicht. Schon aus der Anlage der Verfassung läßt sich's schließen, daß unter ihrer Herrschaft der Weizen der Dorfmagnaten am schönsten und am üppigsten blühen mußte. Mancher solchen Dorfesgröße zu Gefallen wurde eine Straße verpfuscht, denn das verstand sich am Rande, daß die Straße am Hause des Herrn Großrath's vorbeikommen müsse. „E guete Chrumm ist nit um", sagt daher ein bernisches Sprichwort. Hin und wieder wurden aus ähnlichen Gründen geradezu Parallelstraßen angelegt, wo man mit einem alten Rollgewehr ganz bequem von der einen auf die andere schießen könnte. — Einen schweren Schlag führte man überdieß mit dem sogenannten Waldkantonnementsgesetz gegenüber dem kleineren Grundbesitz, gegenüber den Eigenthümern der Tagweren-Heimwesen. Hier mußte der kleine Bauer bitter erfahren, daß eben die Reichen die Gesetze machen in Bern und daß das Volk nichts dazu zu sagen habe. Die altgermanischen Güterverhältnisse, verbrieftes Recht und Gewohnheitsrecht, wurden hier mit einem Male umgestoßen, die Nutzungen der Berechtigten auf ein Minimum beschränkt, dem Staate und den reicheren Grundbesitzern da und dort das Messer in die Hand gegeben, jene ganz zu depossediren. Staat und Magnaten theilten sich in das, was ihnen nicht gehörte, ein Heer von Prozessen erhob sich, deren letzte Ausläufer noch heute die Gerichte beschäftigen, deren Kostenaufwand der ärmere Theil da und dort nicht bestreiten konnte und sich somit in's Unvermeidliche fügen

mußte. Wo man aber nicht auf gerichtlichem Wege mit den Tag=
weren fertig werden konnte, da kam ein Stück Administrativjustiz,
etwas Reglementsfabrikation dem großen Grundbesitz zu Hülfe und
dieses Treiben dauert im Kanton Bern bis auf den heutigen Tag.
Dieses Verdrängen der ärmeren Klasse aus „Wun, Wald und
Weid", wie große Vortheile es auch in forstwirthschaftlicher Be=
ziehung gehabt haben mag, habe ich für meinen Theil immer als
ein Landesunglück und als eine Quelle der Verarmung angesehen.
Andere Schriftsteller, die mit Land und Leuten genau vertraut und
bekannt sind, theilen meine Ansicht; jenes Gesetz bildet den letzten
Entscheidungskampf eines Jahrhunderte lang andauernden Ringens;
gleichzeitig aber ist es einer der Ecksteine zu dem Gerüste geworden,
auf welchem die Verarmung der mittleren und unteren Stände,
der kleineren, meist verschuldeten Grundbesitzer im Kanton Bern
ihre Tragödien aufführen muß. Ich werde späterhin mit Zahlen
beweisen, mit welch' riesenhaften Schritten diese Erdrückung der
kleineren Grundbesitzer vorwärts schreitet, wie die durch die Wechselge=
setze nothwendig gewordene Umwandlung der Hypothekarschulden in
Wechselschulden, wie die heillosen Sporteln der Rechtsagenten, der
Amtsgerichtsschreiber, kurz die ganze Wechsel= und Sportelnwirth=
schaft Stämpflis und seiner Genossen unausgesetzt am Ruin dieser
nützlichen und thätigen Bevölkerungsklasse arbeiten.

Doch, kehren wir zu unserer Verfassungsgeschichte zurück. Es
konnte nicht fehlen, daß bei der indirekten Wahlart der Behörden,
bei der geringen Zuziehung des Volkes zu den öffentlichen Ange=
legenheiten die Kluft zwischen Volk und Regierung immer weiter
werden mußte. Neben jenem Kantonnementsgesetze, das sicherlich
niemals zur Ausführung gekommen wäre, wenn wir das Referendum
oder das Veto gehabt hätten, wurde noch eine Reihe unpopulärer
Gesetze erlassen. Zur Zeit der Freischaarenzüge brachte sich die
Regierung eines Neuhaus durch ihre Doppelstellung vollends um
jeden Kredit und so fanden die Sechsundvierzigermänner ein leicht
zu bearbeitendes Feld. Das Volk fühlte, daß die Zeit gekommen
sei, um wiederum einen Theil seiner uralten, seiner ewigen Rechte

zurückzuerobern. Dennoch erachtete es Herr Stämpfli angemessen, ein weiteres, materielles Agitationsmittel in der Aufhebung der Zehnten und Bodenzinse herbeizuziehen. Wohl bin ich weit davon entfernt, diesen mittelalterlichen Feudallasten das Wort zu reden; vielmehr war ihre Aufhebung eine gebieterische Anforderung der Zeit, aber der Zweck hätte sich doch wohl auch auf eine billigere, die Staatsfinanzen weniger erschütternde Weise erreichen lassen. Unser Nachbarstaat Solothurn scheint mir in dieser Frage eine glücklichere Hand gehabt zu haben, als Bern. Immerhin blieb das Durchstreichen dieser Lasten, so zu sagen mit dem nassen Finger, eine Unbilligkeit gegenüber den Landschaften, welche diese Gefälle früherhin um schweres Geld losgekauft hatten. Man suchte sie durch die Hypothekarkasse dafür zu entschädigen und ließ diese nachmals in Verfall gerathen.

Sei dem, wie es wolle, so bietet uns die Verfassung vom Jahre 1846 manche verdankenswerthe Errungenschaft: Strenge Ausscheidung der gesetzgebenden, vollziehenden und richterlichen Gewalt, Stimmrecht aller Staatsbürger, welche das zwanzigste Altersjahr zurückgelegt haben, Vorschlagsrecht (warum nicht direkte Wahl?) der Bezirksbeamten, direkte Wahl der Großräthe. Wir finden beim Verfassungsrath vom Jahre 1846 auch eine leise Ahnung davon ausgesprochen, daß dem Volke noch ein Mehreres gebührte, so etwas wie Referendum, Veto oder Initiative. Im Lemma 4 des Artikels 6 führte er unter den Traktanden, über welche die politischen Versammlungen abzustimmen haben, auch dieses auf: „Diejenigen Gegenstände, welche ihnen durch Gesetze zur Entscheidung übertragen werden." Allein dabei blieb der Verfassungsrath stehen und während des nun bald zweiundzwanzigjährigen Bestehens der Verfassung hat es weder ein konservativer, noch ein radikaler, noch ein fusionirter Großer Rath für nothwendig erachtet, dem Volke irgend etwas durch Gesetz zur Abstimmung zu unterbreiten.

Das kömmt daher, daß noch ein gutes Stück jenes Einschachtelungsgeistes aus der aristokratischen Zeit und jener Retorten-Theorie der Dreißigerjahre übrig geblieben war; nur hatten sich alle jenen kleinen Retorten und Retörtchen der Urversammlung, der Wahlmänner, des Großen Rathes, des Regierungsrathes und der Sechszehner in einen Brennhafen verwandelt, der überhaupt in unseren Tagen eine große Rolle spielt im Kanton Bern. Man destillirt zuerst in sogenannten Vorversammlungen, im Schooße einer kleinen Coterie, die Großrathskandidaten heraus, dann folgt die Hauptdestillation in den Wahlversammlungen und der so entstandene Große Rath rektifizirt die Flüssigkeit wiederum zu einem Regierungsrath von neun Mitgliedern, die, wie ich solches an der Hand gewisser Vorgänge beweisen will, weit besser vom Volke direkt gewählt würden, sofern man wenigstens im demokratischen Freistaate Werth darauf setzt, den Volkswillen unverfälscht zum Ausdrucke gelangen zu lassen. So aber weiß man oft nicht, ob das Fuselöl oder ob der Weingeist obenauf schwimmt.

Da jene Ziffer 4 des Art. 6 unserer Verfassung niemals zur Anwendung kam, so daß es ganz gleichgültig erscheint, ob jene Bestimmung in unser Grundgesetz aufgenommen worden wäre, oder nicht; so hatte das Bernervolk sich in politischen Dingen bis auf den heutigen Tag einzig und allein mit Wahlen zu beschäftigen, mit meist nutzlosem Streit um Personen, mit dem verdrießlichem Wählen zwischen Hinz oder Kunz, zwischen Guelfen und Ghibelinen, zwischen Neuhaus oder Ochsenbein, Ochsenbein oder Stämpfli, Stämpfli oder Blösch oder Scherz. Allgemein ist die Klage, daß die Großräthe, einmal in Bern angelangt, ganz von solchen Personenfragen absorbirt werden und daß alsdann dem Willen der Auftraggeber wenig Rechnung mehr getragen wird. So hat gar mancher Berner die Lust dazu verloren, sich mit den öffentlichen Fragen zu beschäftigen, da sich diese schließlich nur in Personen verwandeln. Die Gesetzgebung und die großen, Millionen verschlingenden Unternehmungen des Staates werden ja doch dem Volke niemals unterbreitet, es wird über ihre Zweckmäßigkeit nie befragt, es hat nur Gesetzesparagraphen auswendig zu lernen, Großräthe zu wählen und Steuern zu bezahlen.

Seit fünfundzwanzig Jahren hat das Bernervolk über dem Gezänke seiner politischen Führer viel kostbare Zeit verloren; es hat nach einander einen Neuhaus, Ochsenbein, Blösch und Stämpfli jubelnd auf den Schild erhoben, um sich schließlich in seinem unbedingten Vertrauen überall getäuscht zu sehen. Es muß eben aufhören, sich so blind einem politischen Führer hinzugeben, es muß in seinen Regierungsräthen nur seine Arbeiter, nicht seine unfehlbaren Gestirne erblicken.

Bekanntlich rechneten es sich Stämpfli und seine Genossen zum hohen Verdienste an, daß sie, ohne humaniora studirt zu haben, aus der Rechtsagentenschreibstube in die Kollegiensäle und von diesen auf die Regierungssessel gelangt seien. Leider aber hatte dieser Mangel an humanistischer Bildung zur Folge, daß die eigentlichen Humanitätsbestrebungen unter der Herrschaft der immerhin für ihre Zeit vorzüglichen Sechsundvierzigerverfassung wenig vorwärts gerückt sind. Man hatte in diese Verfassung und in ihre Ausbildung große Hoffnungen gesetzt; allein die Führer, Stämpfli, Niggeler und ihre Freunde wandten sich einem krassen Materialismus zu und suchten ihre verfehlten Spekulationen entweder mit den Geldern des Staates zu decken, oder aber dem guten Mutz die ganze Bescheerung in die Schuhe zu schieben. So blieb freilich keine Zeit zur Ausbildung der Volksrechte, keine Zeit um den Anforderungen der Humanität und des wahren Fortschritts gerecht zu werden. Die eigennützigen Bestrebungen eines Stämpfli führten diesen zwar einer Privatunternehmung, der eidgenössigen Bank zu, aber mit ungebrochener Gewalt zieht dieser politische Kunstreiter noch fortwährend hinter den Coulissen und im großen Rathe an den verborgenen Fäden des bernischen „Systems". Es besteht in Bern noch zur Stunde eine Regierung No. 2, die stärker ist, als die eigentliche Regierung; das ist gefährlich in einer Republik, denn die Regierung No. 2 ist für nichts verantwortlich. Diesen Schäden und Mängeln kann nur abgeholfen werden, wenn das Volk durch Referendum und Initiative in direkte Verbindung mit seinen obersten Staatsbehörden tritt; erst dann verschwindet eine intri=

guante, tonangebende Sippschaft aus unsern öffentlichen Angelegenheiten und tritt in ihre einfache Stellung als Staatsbürger zurück.

II.

Dermalige Zustände.

Allgemein muß anerkannt werden, daß in einzelnen Verwaltungszweigen der jetzigen Regierung viel und gut gearbeitet wird und zwar ganz besonders von denjenigen Mitgliedern, die für die Volksrechte stimmen. Natürlich, wer Alles für und durch das Volk will, wer redlich arbeitet, der wird sich weder zu scheuen noch zu fürchten haben, wenn er mit seinen Gesetzesprojekten vor das Volk hintritt, wenn Initiative und Referendum ihm neuen Stoff, neues Material zum Nachdenken liefern, ihn mit den Pulsschlägen des Volkes in steter Fühlung behalten.

Trotzdem ist nicht Alles gesund, wie es sein sollte und ein allgemeines Gefühl spricht es laut aus, daß es irgendwo hapert in der Staatsmaschine, daß ein drückender Alp des Mißtrauens und der Unsicherheit auf dem Volke lastet. Nachdem man so manche Privatspekulation durch Staatsgelder subventionirt und schließlich ausgetragen sah, nachdem man es seit den Wahlen von 1866 weiß, daß die Wahl von mehr als hundert neuen Großrathsmitgliedern nicht genügt, um dem Großen Rathe zu sagen, daß das Volk einige Neuerungen in der Regierung wünsche, nachdem die Gerichtsbehörden einen Hildebrand sammt seinem gefälschten Aktienregister der Ostwestbahn laufen ließen, den Demme aber auf einen liederlichen Bericht hin für todt erklärten, um sich drei Jahre später wieder seines vollkommenen Wohlbefindens zu vergewissern; nach=

dem dieses Alles und noch viele andere Zeichen und Wunder ge=
schehen in Israel, darf man sich über das Mißtrauen in Wahrheit
nicht mehr wundern.

Und nun kommen wir auf die Widersprüche zu reden, die
zwischen den Dingen wie sie sind, und wie sie sein sollten, unläug=
bar bestehen.

Kein Kanton hat eine solche Gesetzesflickerei wie wir sie haben;
wenn ein Erlenbachermarkt oder die Heuernte im Anzuge ist, oder
wenn nach 8—14 Tagen die Stadt Bern den Herren Großräthen
ein langweiliges Gesicht schneidet, so werden die Gesetze oft über's
Knie abgebrochen und ein paar Jährchen nach ihrem Erscheinen
muß man sie wiederum abändern. — Sie müssen daher auch in
der Presse und im Volke ihre Besprechung finden, dann werden sie
mit weniger Uebereilung fabrizirt, aber sie versprechen auch eine
längere Dauer. Das ist ein großer Vorzug; denn in der Repu=
blik darf eine aus solchem Gesetzeswirrwar entstehende Rechtsun=
sicherheit nicht fortdauern. Man wird ihr ein Ziel setzen durch
Initiative und Referendum.

Der nämlichen Oberflächlichkeit und Nachgiebigkeit, der unbe=
dingten Unterordnung unter eine politische, enggeschlossene Coterie,
begegnen wir in der Wahl der Regierung vom Jahr 1866. Wie
ich schon angedeutet, wurde der Große Rath beinahe zur Hälfte
mit neuen Mitgliedern verjüngt; — so glaubte es das Volk, ja die
Herren Großräthe selbst, als sie nach Bern verreisten. In Bern
aber hatte die in der Presse, wie in der Volksmeinung geschlagene
Coterie ihr Haupt wieder erhoben; sie hatte ganz richtig berechnet,
daß sich mit dem Großen Rathe viel leichter ein Wort unter vier
Augen reden lasse, als mit dem ganzen Volke. So geschahen nun
wirklich blaue Wunder. Ein Mitglied der Regierung, das in kei=
nem einzigen Wahlbezirke seine Wahl zum Großrathe hatte durch=
setzen können, fand dennoch das beim Volke verlorene Vertrauen
beim Großen Rathe wieder und wurde mit überwiegender Mehr=
heit gewählt. — Ein anderer Herr Regierungsrath, der weder auf
dem radikalen noch auf dem konservativen Vorschlage stand, wurde

durch die Versammlung seiner im Corridor des Großen Rathes zusammen getretenen Gläubiger durchgesetzt. „Es schadt mi drütusig Fränkli, mi thüri hölzigi Baßgyge schadt's mi drütusig Fränkli, we d'ihm nit stimmst", meinte da ein Militärfleischlieferant zu einem Herrn Großrath. Sonst macht die Clique den Leuten die Schulden zum ersten und bittersten Vorwurf, denn wer sie nicht mit Staatsgeldern zu decken weiß, wie Stämpfli und Niggeler es seiner Zeit gethan, der muß von vornherein ein dummer Dorfteufel sein; hier aber waren die Schulden der einzige Grund zur Wahl, ein Beweis, daß die Passiven sicherlich auch ihre gute Seite haben, es kömmt nur darauf an, wer sie hat!

Wir mögen diesen beiden Herren Regierungsräthen ihre Stellen gar wohl gönnen; allein wir fragen, wird der Volkswille durch solche Wahlakte erfüllt und wäre es nicht besser, wenn das Volk seine Regierung in direkter Wahl bestellen würde, wie solches z. B. in Genf geschieht?

Auch bei der Ausübung des edelsten aller Hoheitsrechte, der Begnadigung, gehen oft Dinge vor, welche beweisen, wie wenig der Große Rath in die Geheimnisse des Herrn Justizdirektors hineinzublicken vermag. Ich will nur folgende, buchstäblich wahre Geschichte erzählen, die sich in Bern zutrug. Eine Magdalena B. war wegen Kindesaussetzung und Kindestödtung zu mehrjähriger Zuchthausstrafe verurtheilt worden. Sie hatte kaum den dritten Theil der Strafe erstanden, als man entdeckte, daß sie sich in interessanten Umständen befinde. Die Schwängerung mußte offenbar in der Strafanstalt stattgefunden haben, nur blieb längere Zeit der Urheber derselben unermittelt. Damit diese Weibsperson nicht in der Strafanstalt niederkomme und das Ansehen der Beamten und Angestellten der Strafanstalt nicht Schaden leide, verfiel unsere bernische Büreaukratie auf den klugen Einfall, die Magdalena B. zu begnadigen. Richtig gieng ein solches Begehren mit anderen unbeachtet beim Großen Rathe durch, die B. aber wurde hochschwanger und ohne Subsistenzmittel entlassen, also voraussichtlich dem zweiten ähnlichen Verbrechen durch Noth und Elend

entgegengetrieben. Doch wollte es der Zufall anders; die B. war
nicht mit den gehörigen Ausweisschriften versehen, wurde in Biel
arretirt und der dortige Gerichtspräsident H. entdeckte diesen ganzen
Skandal, der dann in aller Stille mit der Entlassung eines Zucht=
meisters endigte. Hier war also die Begnadigung um der Büreau=
kratie willen eingetreten. Der Herr Justizdirektor wird sich des
Spruches erinnert haben: „Wer viel liebt, dem wird viel vergeben."
Es führt uns das auf die allzugroße Selbstherrlichkeit, welche
sich einzelne Direktoren herausnehmen und auf die Frage, ob es
nicht besser wäre, jedem Direktor zwei der übrigen Regierungsräthe
beizuordnen, damit die wichtigsten Direktionsangelegenheiten we=
nigstens in einer solchen kleinen Collegialbehörde diskutirt würden.
Republikanischer schiene es uns, wie denn überhaupt die Discussion
die Mutter der Erkenntniß und der Wahrheit ist. Wir haben in
Bern sonderbare Ausschreitungen der in jedem Zweige fast zur
Diktatur gesteigerten Direktorialwirthschaft erlebt. Ich will nicht
reden von den Pulververkäufen des Herrn Stämpfli an die Lom=
barden, welche er den übrigen Regierungsmitgliedern, entgegen
unseren Organisationsvorschriften, vorenthalten und verschwiegen
hatte. Die Aufdeckung dieser Transaktionen in meiner ersten Bro=
schüre hatten Herrn Stämpfli so sehr aufgebracht, daß er mir gegen=
über sogar mit der Beschimpfung „Lügner" um sich warf, während
doch sein guter Freund, Herr Salzhandlungsverwalter Buri, im
„Bund" die Geschichte im Allgemeinen als wahr zugeben mußte
und nur bestritt, daß ein erheblicher Verlust entstanden sei. Die
Eitelkeit behauptet eben oft, daß der ihr vorgehaltene Spiegel der
Wahrheit lüge. Frischen wir also Herrn Stämpfli seine alte Galle
nicht auf, besonders da neuere Direktorial=Ausschreitungen seiner
Jünger und Nachfolger im Amte in nur zu großer Anzahl vor=
handen sind.

Da sehen wir denn in irgend einem Fehljahre unser Militär=
büdget um runde 100,000 Fr. überschritten; das war wohl rund,
aber unerhört in der Verwaltung unserer Republik und glich jenem
Machtworte des Königs von Preußen: „An meine Armee lasse ich

mich nicht rühren." Es ist ganz schön, für die Wehrkraft des Landes zu sorgen, in unseren trüben und gewitterschwangeren Zeiten wohl die erste Pflicht; allein wenn es erforderlich war, hat der Berner Große Rath noch immer die nöthigen Kredite eröffnet und dann allemal unter einstimmigem Beifall des Volkes. Ich verweise auf das Jahr 1856. Das ministerielle Gebahren aber, erst die Auslage zu machen und dann um Erlaubniß zu fragen, das hat seine entschiedene Schattenseite.

In ähnlicher Weise wurden Herrn Banquier Schmied die bekannten 100,000 Fr. auf einfaches Schuldbillet hin gegeben, damit dieser der Hagnecktorfgesellschaft, einer Unternehmung der Herren Niggeler, Scherz, Rösch u. s. w., ein ganz gleiches Darlehn machen könne. Diese 100,000 Fr. kehrten nun zwar jüngsthin mit klingendem Spiel und unter langgezogenen Posaunenstößen der Regierungsblätter wiederum in die Staatskasse zurück. Das Lob aber hätte man füglich sparen können, denn diese 100,000 Franken standen lange genug im Feuer und waren durch einen ungesetzmäßigen Akt in dasselbe gebracht worden.

Und die Branntweinfrage erst? Wie viel wurde da nicht auf Preisfragen und Gutachten verwendet und wie wenig ist aus den Anträgen des Herrn Direktors herauszufinden? Der rationellste Antrag des seligen Prof. Dr Schilt, den Fuselbranntwein unter Kontrollirung des Staates in Weingeist umzuwandeln, wodurch dem Landwirthe seine Freiheit und sein Nutzen belassen worden wäre, wurde bei Seite gelegt, und nachdem man diese Frage so gründlich geprüft hatte, gebar der Berg schließlich eine Maus. Vereine und Private kämpften umsonst gegen das Uebel an. Aber man durfte die Herren Großräthe nicht vor den Kopf stoßen, denn viele unter ihnen sind Brenner. Hatten sie denn nicht in ihrer Mehrheit im Jahre 1866 ganz richtig die bisherigen Regierungsräthe, mit Ausnahme einer einzigen Neuwahl, wiederum aus ihrem Brennhafen heraus destillirt, Fusel und Alkohol ungetrennt belassen und sich sonach als ganz tüchtige, die Zeit richtig erfassende Brenner bewiesen? Und jetzt sollte man sie daran hindern, neben

der Schlempe für das liebe Vieh auch noch ein fuselhaltiges Feuer=
wasser für ihre Knechte und Arbeiter, ein schlagendes Wetter für
die Zusammenkünfte der jungen Bursche herzurichten?
Bestände in Bern die Initiative, der populäre Vorschlag des
sel. Dr Schilt hätte längst den Sieg davongetragen; den Bauern
wäre ihr Nutzen belassen worden, die Branntweinfrage hätte
ihre ruhige und allseitig befriedigende Lösung gefunden. Bei di=
rekter Wahl der Regierungsräthe durch das Volk aber, hätte der
Direktor die Rache einiger Brenner im Großen Rathe nicht zu
fürchten gehabt und er hätte ruhig unter den eingelangten Vor=
schlägen das Beste wählen dürfen. So aber blieb diese in der
That brennende Frage ungelöst.

Was die Kantonsschule anbelangt, so denke ich, die Vor=
gänge im Großen Rathe werden endlich die Nothwendigkeit darge=
than haben, die Gymnasien der kleineren Städte, die Sekundar=
schulen überhaupt, mit ihr so in Verbindung zu setzen, daß die
Uebersiedelung eines guten Schülers vom Lande auf die Kantons=
schule erfolgen kann, ohne daß ihm vielleicht um einiger Thema=
fehler willen ein ganzes Lebensjahr verloren geht. Die Kantons=
schule, diese Zierde des Kantons, darf um der Regelfuchserei willen
nicht unpopulär gemacht, oder in Frage gestellt werden. Schon vor
Jahren hatte ich darauf aufmerksam gemacht, daß dieses Ineinan=
dergreifen der Schulen durchaus unerläßlich sei, wenn die Kan=
tonsschule nicht als ein Monopol· der Hauptstadt, als eine Schule
für die Söhne der Beamten, welche in Bern wohnen, angesehen
und dem Lande gleichgültig werden solle. Man hat mir damals
diese Bemerkungen sehr übel genommen und sie als einen Angriff
auf die klassische Bildung ausgelegt, während ich deren Vorzüge von
Jugend an so sehr erkannt hatte, daß ich mir eben auch erst mein
Maturitätszeugniß im damaligen höheren Gymnasium zu Bern
holte, bevor ich auf die Hochschule trat, obwohl zu jener Zeit noch
dieses Zeugniß der Reife für Juristen nicht vorgeschrieben war. —
Was das Land, vorab der freisinnigste und an allgemein verbrei=
teter Bildung wohl am weitesten vorausgeschrittene Landestheil, der

Oberaargau verlangt, kann nie und nimmer in einer Beseitigung oder in einer Schwächung der Kantonsschule bestehen; aber man will ihr auch die Söhne des Landes in allen Stufen des Knabenalters zuführen können; man will einen Lehrplan in den unteren und mittleren Klassen, der sich für begabte Schüler auch auf dem Lande erreichen läßt. Suche man auch auf diesem Gebiete, dem freiesten des Menschen, die größtmöglichste Freiheit zu gewähren und selbst den Schein zu meiden, daß man auch auf dem Felde der Bildung ein neues städtisches Patriziat schaffen möchte.

Ich gehe nun auf die Klagen über, welche sich gegen die untern Beamten, die noch Sporteln beziehen, im ganzen Lande erheben. Diese Sporteln sind noch ein Erbstück der altaristokratischen Zustände und hätten längst verschwinden sollen. Warum kann man dem Obergerichtsschreiber eine fixe Besoldung geben und den Amtsgerichtsschreibern nicht? In diesem Tarifwesen der Sekretariate der Richterämter liegt eine große Versuchung zur möglichst ergiebigen Ausbeutung der Stelle, zu unnöthiger Kostenmacherei, zu muthwilliger Prozeßfabrikation durch unrichtige Anweisungen in Liquidationsfällen, überhaupt zu mancherlei Kunstgriffen, die man besser nicht nennt, durch welche aber diese Stellen sich ein allzuhohes Einkommen sichern. Oder liegt nicht ein Widerspruch, ein krasser Widerspruch darin, wenn wir uns über die Landvogteien wundern, die 10,000, 12,000 bis 15,000, ja 20,000 Franken abwarfen, diese verdammen und in unserer aufgeklärten Zeit Amtsgerichtsschreibereien dulden, die aus den letzten Ueberresten des Vermögens der Geltstager in den Dependenzen ihrer Büreaux wahre Trödelbuden auf eigene Rechnung errichten, die offenkundiger Maßen ihre 12 — 15,000 Franken abwerfen und die es somit den alten Landvogteien gleichthun, nur mit dem Unterschied, daß diese so ziemlich von allen Theilen der Bevölkerung ihre Sporteln bezogen, während die Amtsgerichtsschreibereien nur von denjenigen leben, die ihr Recht ohnehin mit gutem Gelde vor Gericht suchen müssen, oder die von einem schweren finanziellen und bürgerlichen Unglücke betroffen worden sind. — Schon die

Billigkeit gegenüber den fix besoldeten Beamten ruft übrigens der Abschaffung dieser Sporteln, der Schleifung dieser modernen Ritterburgen aus Stempelpapier; — denn sicherlich muß manch' ein gering besoldeter Beamte mehr arbeiten, als so ein Herr Amtsgerichtsschreiber.

Hieran reiht sich das Schalten und Walten gewisser Rechtsagenten, besonders derjenigen der Hauptstadt. Diese gehören zwar nicht zum Beamtenstande, allein sie sind durch Gesetz der Oberaufsicht des Obergerichts unterstellt. Hier geht die Kostenmacherei in's Aschgraue. Bei Anlaß der Zürcherbewegung sind dort in Betreff des Schuldentriebs keine Klagen laut geworden, weil er durch Gemeindebeamte zu einem sehr mäßigen Tarif ausgeübt wird. In Bern kostet eine Wechselbetreibung bis zur Gantsteigerungspublikation 70, 80, 100 und mehr Franken, von den aus der Abhaltung der Steigerung erwachsenden Kosten gar nicht zu reden. Das ist des Guten zu viel und des Bösen übergenug. In einer Zeit der Geldnoth, der allgemeinen Klemme, in einer Zeit, wo Handel und Gewerbe stocken, werden diese Rechtsagenten mit ihrem Tarif, den sie tausendfach umgehen, zu wahren Todtengräbern an der Gesellschaft; sie schaufeln das Grab der bürgerlichen Ehrenfähigkeit manches ehrlichen Mannes. Der Appellations- und Kassationshof prüft die Bürgschaftsbriefe, welche die Rechtsagenten zur Sicherung der Gläubiger einlegen, die ihnen Geschäfte anvertrauen; es wäre ebenso nöthig, daß er sich hin und wieder ihre Controlen und ihre Kostennoten vorlegen ließe, bevor ihre Patente, d. h. ihre Kaperbriefe, wiederum auf zwei Jahre erneuert werden. Gründlich aber kann in dieser Hinsicht nur geholfen werden durch Wegnahme des Betreibungswesens aus den Händen der Rechtsagenten, Vereinfachung desselben und Uebertragung an eigene Beamten in jeder Gemeinde. In Zürich kostet das, was in Bern 70—100 Franken und mehr kostet, 6—10 Franken. Schon durch Gesetz vom Jahre 1847 wurde verfügt, daß von seinem Inkrafttreten hinweg keine Rechtsagenten neu patentirt werden sollen, man ließ aber noch vor Thorschluß einen so bedeutenden Vorrath durchschlüpfen, daß noch heute kein Mangel fühlbar ist.

Gewiß, würde dem Bernervolke die Initiative zugestanden oder nimmt es sich diese selbst, es wüßte bald mit den Sporteln der Amtsgerichtsschreiber und Rechtsagenten aufzuräumen, denn in diesen beiden Punkten sind die Klagen allgemein. Gläubiger und Schuldner leiden bei dem gegenwärtigen Verfahren gleich schwer, denn in gar vielen Fällen dauert die Bereinigung der Geltstags= masse durch den Herrn Gerichtsschreiber just so lange, bis ganz reiner Tisch gemacht, d. h. nichts für die Gläubiger mehr in der Masse vorhanden ist. Die hohen Noten der Rechtsagenten sind auch nicht geeignet, die Garantien des Schuldners zu Gunsten seiner Creditoren zu vermehren. So gibt es wenige Bürger im Kanton, die nicht in der eint' oder anderen Eigenschaft, als Pro= zeßparteien, Gläubiger oder Schuldner ihr Stück guten Geldes in diese beiden, Alles breit und platt schlagenden Schmiedewerkstätten getragen und dafür Schlacken herauserhalten hätten.

Diese beiden Dinge führen uns auf das Gerichtswesen. Im Allgemeinen, im Großen und Ganzen, stehen die bernischen Ge= richte in unterer und oberer Instanz, ihre Unparteilichkeit und ihre Gerechtigkeitsliebe in gutem Klang, meiner Ueberzeugung nach mit vollem Recht. Ich darf es wohl aussprechen, daß der Kanton Bern keinen Ullmer besitzt; man darf das mit einigem Stolz sagen. In der Civilabtheilung des Obergerichts, im Appellations= und Kassationshofe nämlich, beweist die Gründlichkeit der öffentlichen Diskussion, daß die Richter sich der Gründe gar wohl bewußt sind, aus denen sie so oder anders stimmen. Die Geschworenen, geleitet von einem Präsidenten, dessen Geist und dessen Herz gleich hoch zu stellen, erfassen und ergreifen ihre Aufgabe immer besser. Wenn die Presse anderer Kantone sich oft über ihre „mildernden Um= stände" in Raufhändeln lustig macht, so gebe ich zu bedenken, daß man die Verhandlungen eines jeden einzelnen Falles mitangehört und mitangesehen haben muß, um sich davon ein richtiges Bild machen zu können. Ebenso möchte ich nicht behaupten, daß Jeder=

mann, der über dergleichen Verhandlungen referirt, die nöthigen
Kenntnisse besitzt, oft auch nicht die nöthige Unparteilichkeit
und Unbefangenheit, um einen getreuen Bericht erstatten zu kön=
nen. Dessen ungeachtet macht seine Einsendung oft die Runde
durch einen großen Theil der Presse. Hin und wieder mag aller=
dings in solchen Raufhändeln der Einfluß eines Dorfmagnaten
oder so etwas sich geltend machen; diesem Uebelstande kann aber
leicht durch Rekusation der Geschwornen aus der Nachbarschaft,
wenn nöthig sogar durch Ueberweisung des Falles an andere
Assisen abgeholfen werden. In keinem Falle geben dergleichen
Ausnahmsfälle hinreichende Gründe ab, um über den Werth der
Geschwornengerichte den Stab zu brechen.

Demgemäß ist es im Kanton Bern ebensogut möglich, zu
seinem Rechte zu gelangen, als in irgend einem andern Lande; —
nur ist dieses Rechtholen theuer, entsetzlich theuer. In mehr als
der Hälfte der Civilprozesse, welche vor dem Appellations= und Kas=
sationshofe entschieden werden, übersteigt die Summe der beidsei=
tigen Prozeßkosten den Werth des Streitgegenstandes. Obwohl der
Grundsatz der Eventualmaxime gilt, gibts der Vor= und Zwischen=
fragen doch gar viele, die Prozeßinstruktion kann durch die Anwälte
bedeutend verzögert oder verkürzt, verlängert oder vereinfacht wer=
den, und in jedem Falle sind die Protokollauszüge der Amtsge=
richtsschreibereien lang und theuer. Der Anwalt mag sich um
dieser Ueberforderungen willen nicht gerne beschweren; thut er es
dennoch, so findet sich da oder dort die Gelegenheit, ihm seinen
Dienst heimzuzahlen.

Der Gedanke einer von gebildeten Richtern geleiteten Civiljury,
bei welcher der Sieg des rein formellen über das materielle Recht
so leicht nicht möglich wäre, wo dann in Wirklichkeit die Eventual=
maxime zu ihrer ganzen und vollen Geltung gelangte, wohlfeiles
und schnelles Recht erhältlich würde, darf daher auch für den Kan=
ton Bern mindestens diskutirbar erklärt werden.

Im Gerichtswesen haben wir, neben der etwas laxen Beauf=
sichtigung der Amtsgerichtsschreiber und der Rechtsagenten, nur zwei

Vorgänge zu beklagen, bei welchen die richterliche Thätigkeit durch die raison d'état, nicht der Regierung Nr. 1, sondern der Regierung Nr. 2, der Coterie der Niggeler, Vogt u. s. w., beeinflußt erscheint. Diese beiden Fälle betreffen die Untersuchung gegen den Dr Hildebrand, Direktor der Ostwestbahn, und sodann die Demme-Geschichte. Letztere möchte ich, um nicht alte Wunden einer schuldlosen Familie aufzufrischen, gerne ruhen lassen, allein wenn Alles schwiege, so würden die Steine reden von jenem frechen Spiel, das mit der Justiz und mit der öffentlichen Meinung getrieben wurde.

Bekanntlich wollte Herr Stämpfli auch in Eisenbahnsachen sein entscheidendes Wort mitreden und als sein Gegenfüßler Escher von einem Einliniensystem sprach, da kam sofort das Zweiliniensystem aus dem Kopfe des bernischen Zeus hervorzutanzen. Die Idee war gut, wenigstens gangbar, populär, es ließ sich viel zu ihren Gunsten sagen. Allein ihr Vater konnte nicht, wie ein Escher es bei der Nordostbahn gethan, mit seinen Millionen den Grundstein zum Ausbau legen; doch dafür fand sich Rath; erst mußte die Sache moussiren, dann konnte man dem guten Mutz den Pfropfen dreist in seinen dicken Pelz hineinschießen und ihn mit seiner stets anwachsenden Bürde davon traben lassen. Wirklich fand sich ein Mann, der als nationalökonomischer Figaro die Berner-Studenten einseifte und auch den „Alten" den Bart zu machen verstand, einer jener St. Simonisten, die so weltbeglückende Ideen über Europa gebracht haben; — es fand sich nämlich ein Ritter des Deutschordens zu Bern, Professor Dr Hildebrand. Das war der rechte Mann, um die Sache moussiren zu machen, die Idee Jakobs des Ersten zu verwirklichen und dem Mutz eine tüchtige Aderlässe beizubringen. Hierbei erwies sich Herr Dr Hildebrand, mit Assistenz der Herren Niggeler, Sahli u. s. w., als ebenso gewandter wie unerschrockener Bader; Mutz stellte die ersten zwei Millionen zur Verfügung, sagte A., begann also in dem Alphabet zu lesen, in welchem er jetzt bis zum W. gelangt ist, d. h. zum Weh, sechsmalhunderttausend Fr. einzig und allein für sein Dampfbernerwägelein, das von Langnau nach Neuenstadt fährt und zurück, alljährlich zu Ehren der Clique zu steuern.

Gut, der Muth hatte A. gesagt; er hatte noch eine kleine Bedingung an die Auszahlung geknüpft, die indessen unsere bernischen „Männer vom Fache" nicht abschrecken konnte. Erst sollte die Lebensfähigkeit der Gesellschaft, erst sollten die Vorgeben der Ostwestbahnmänner im Großen Rathe durch Vorlage des Aktienverzeichnisses erwiesen werden. So wurde ein falsches Aktienverzeichniß angefertigt, dem Verwaltungsrathe, in welchem auch Herr Niggeler saß, vorgelegt und genehmigt. Die Protokolle dieser Behörde befanden sich zwar, insoweit sie überhaupt existirten, auf lauter fliegenden Fetzen, von denen man kaum weiß, wo die vier Winde sie nun haben werden; somit hält es schwer, Herrn Niggeler aufzuweisen, welchen Sitzungen er beigewohnt hatte und welchen nicht. Da er indessen seine Remunerationen als Verwaltungsrath richtig und redlich in klingender Münze in Empfang nahm, da er mit Herrn Dr Emil Vogt fast ausschließlich die zahllosen Prozesse der Ostwestbahn gegen bedeutende Summen besorgte, so ist nicht wohl anzunehmen, daß Herr Niggeler und daß sein Rath als Fürsprecher bei dieser wichtigen Urkunde, bei der charta magna der Ostwestbahn gefehlt haben; man müßte sonst annehmen, Herr Niggeler hätte bei dieser Gesellschaft eine förmliche Sinekur bekleidet. Genug, man unterbreitete Herrn Regierungsrath Sahli den falschen Aktienrodel, dieser sandte seinen Sekretär zu Herrn Hildebrand, um ihn näher prüfen zu lassen, denn in solchen Fällen gilt es, behutsam zu sein und einen Freund Uriam vorn in den Streit hinzustellen, wo er voraussichtlich am hitzigsten zu werden droht. Urias begab sich auf seinen Posten und wurde dort durch den gewandten Figaro tüchtig eingeseift. An der Richtigkeit der Aktien konnte kein Zweifel mehr obwalten, der Bericht der Eisenbahndirektion an den Regierungsrath fiel günstig aus, die Auszahlung konnte beginnen. Nun ließen sich „Geschäfte" machen, schlechte und rechte. Es ließe sich darüber ein ganzes Buch schreiben, wenn man das hinter der Regierung liegende Material zur Verfügung hätte. Auf allen Linien begannen die Arbeiten, an vielen Orten lange bevor nur die Entschädigung der Eigenthümer festgesetzt war. Im Seeland, namentlich zwischen Biel und Neuenstadt, schloß der allgemein geachtete Herr Notar und Amtsschaffner Sigri, als Bevollmächtigter des Herrn Hildebrand, in gütlicher Weise die Entschädigungsverträge ab, und man kann es niemals in Abrede stellen, in durchaus sorgsamer, gerechter und billiger Weise. Die Bevölkerung, obwohl ihr die Bahn die schönsten und besten, ohnehin schon kleinen Reben zwischen der Landstraße und dem See zerstückelte, ließ sich dennoch opferwillig und gut gelaunt an; galt es ja doch die Lieblingsidee, den Herzenswunsch des großen Stämpfli zu erfüllen! So konnte Herr Sigri die Entschädigungen zu billigerem Preise abschließen, als solche nachmals von der bundesgerichtlichen Expertise festgestellt wurden. Ohne Zahlung erhalten zu haben, ließen die Leute ihre Weinstöcke ausgraben, ihr Land durchwühlen. Allein der Herr Direktor hatte sich eine Hinterthüre offen behalten; er hatte seine endliche Genehmigung zur Bedingung der Gültigkeit all' dieser Verträge gemacht. Monate verstrichen, die Verträge harrten ihrer letzten Formalität, die geduldigen Landeigenthümer ihrem Gelde entgegen. Die Zeit verstrich, die Arbeiten hörten auf, das Nachfragen begann. Da erklärte Herr Hildebrand, er genehmige jene Landkäufe nicht, die gerichtliche Schatzung müsse stattfinden. Er hatte die Landbesitzer und Herrn Sigri auf unwürdige Weise getäuscht.

Die tolle Wirthschaft, welche diese Bande vom tollen Eisenbahnleben geführt, mußte ihrem Ende entgegen eilen. Mutz lernte B und C sagen. Die Ostwestbahngesellschaft lag ruinirt, ohne gehörige Buchführung, ohne Protokolle, von Prozessen und Betreibungen überladen, vor den Augen der erstaunten Welt. Dennoch erschienen ihre Bevollmächtigten gegenüber von Lieferanten auf einfache friedensrichterliche Ladung hin, erklärten den Abstand zu Protokoll, um die Forderungen gültig und liquid zu machen, bevor und während der gelehrige Mutz seine breiten Tatzen in den klaffenden, halbgespaltenen Baumstamm steckte, um darin den von Meister Stämpfli und seinen wackeren Gesellen versteckten Honig zu suchen. Der Keil flog heraus und Mutz war gefangen.

Unterdessen geriethen sich die Staatsmänner und Herr Hildebrand in die Haare, scheinbar wenigstens. Hildebrand machte einen Fluchtversuch oder, — wie man es nannte — eine Erholungsreise in's Ausland. Es gelang, ihn zur Rückkehr zu bewegen; man brauchte ihn noch als Sündenbock. Er kam, aber er erhob drohend den Zeigefinger, als wollte er sagen: Verehrteste Herren Brüder, treiben Sie mir den Spaß nicht zu weit, sonst . . . !

Und er wurde nicht allzuweit getrieben, dieser Spaß. Eine Untersuchung mußte zur Beruhigung des Volkes freilich eingeleitet werden. Das Aktienregister war und blieb immer gefälscht, das konnte die Aare nicht hinwegwaschen; die Bücher und Protokolle der Gesellschaft befanden sich in einem Zustande, der jeden bankerotten Kaufmann an sich schon in Anklagezustand versetzt hätte. Dennoch wurde diese Untersuchung durch die Anklagekammer, durch die camera obscura des bernischen Obergerichts, aufgehoben. Was die Aare nicht thun konnte, das gelang ihr, und Dr Hildebrand zog frei als Professor jener freien Künste nach Jena, mit denen man am Staatsvermögen des Kantons Bern so sprechende Erfolge erzielt hatte. Hildebrand verdankt diese Freisprechung einzig und allein seinen einflußreichen Helfershelfern.

Noch wurde ein zweites Opfer geschlachtet. Herr Regierungsrath Sahli nahm aus Verdruß über seine mangelhafte Prüfung des Aktienregisters seine Demission; er schied aus der Behörde, um als Fürsprecher seine Rüben zu pflanzen. Aus Dankbarkeit für soviel republikanische Entsagung lieferten ihm seine ehemaligen Collegen reichlichen Dünger auf sein Rübenfeld und zwar in der unaufgeschlossenen Form fetter Staatsprozesse. Virtuti semper corona!

Die Ostwestbahn hingegen mußte aus ihrer kläglichen Lage herausgerissen werden; die Landbesitzer tobten und drohten, die ganze Sippschaft wegzujagen, die Lieferanten jammerten, die Arbeitsunternehmer befanden sich in Verzweiflung und am Abgrunde des finanziellen Ruins. Die Ehre Berns war durch seine Beamten verpfändet worden, es mußte, wohl oder übel, in den dargereichten sauren Apfel beißen.

Und sauer war er in der That, dieser Apfel. Abgesehen von den Geldern, welche die Schwindeleien der Ostwestbahn aufgezehrt hatten und die unwiederbringlich verloren waren, hatte Bern einen herberen Verlust zu beklagen, nämlich den Verlust des Vertrauens auf seine Beamten, auf die Unbefangenheit seiner ersten Vollmachtträger und seiner Richter. Das bedeutet wohl noch mehr, als eine materielle Einbuße von einer halben Million per Jahr, wiewohl auch diese empfindlich genug. Allein statt jeder andern Besserung kam noch eine dritte Regierung neben der Regierung Nr. 1 und 2 ihre Stellung im Staate einzunehmen. Das war das Direktorium der Staatsbahn, das für sich allein in einem Jahre 48,000 Fr. in den Wind schlug, dessen Mitglied, Herr Nationalrath Karrer, dem Großen Rathe vordemonstrirte, er habe das Recht, auch für die im Bade zugebrachte Zeit seine Taggelder zu fordern. Warum verlangt er vom Staate nicht noch Taggelder für die Nächte? Mitunter werden die Auslagen ja auch des Nachts groß!

Ich komme zur Demmegeschichte, zur Seeschlange der bernischen Presse. Sie taucht mit vollem Recht immer wieder auf, denn ein eiterndes Geschwür kann durch Zudecken allein nicht geheilt werden. Es ist in dieser unseligen Geschichte eben zu sehr gesündigt worden gegen die Wahrheit, gegen das Recht und gegen die Moral, als daß das öffentliche Gewissen sich mit Beschwichtigungen zufrieden geben könnte. Die Wahrheit allein kann hier sühnen; aus diesem Grunde sage ich, was ich weiß.

Die Untersuchung gegen Dr Hermann Demme wurde namentlich durch das auffallende Benehmen dieses Letztern unmittelbar nach dem Tode des Kaspar Trümpy veranlaßt. Man wußte, daß H. Demme im Trümpischen Hause wohlbekannt und wohlgelitten war als Hausfreund, man wußte, daß er nach dem erfolgten Hinscheiden seines Freundes Trümpy sich nur etwas zu angelegentlich um dessen sofortige Beerdigung bekümmert und umgethan hatte. Er hatte die Oeffnung der Gehirnhöhle des Todten, ohne Zuziehung eines andern Arztes, nur im Beisein eines vertrauten Krankenabwarts vorgenommen, und das Gehirn in den Abtritt werfen laſſen, er machte widerſprechende Angaben über Trümpy's Todesſtunde, er ſtellte über deſſen Todesart einen falſchen ärztlichen Befund aus. Deßhalb munkelte man Allerlei über dieſen plötz= lichen Tod, Trümpy war als ein lebensfroher und lebensluſtiger Mann bekannt, der ſich um einiger finanziellen Verlegenheit oder um eines auf dem Wege der Beſſerung begriffenen und kurz vor ſeinem Tode operirten Geſchwüres willen in keinem Fall das Leben genommen hätte. Man ſuchte ſpäter den Vermögensbeſtand des Trümpy in ein gar zu ſchiefes Licht zu ſtellen; ſicher iſt, daß der= ſelbe ein vermöglicher Mann geblieben wäre, hätte er ſein Geſchäft ſelbſt liquidiren können. Aus dieſen Gründen glaubte man in Bern zuerſt gar gern an einen Schlagfluß, der ſich bei der Le= bensweiſe des Trümpy früher oder ſpäter vorausſehen ließ; als aber Gift zum Vorſchein kam, wollte kein Menſch in Bern an einen Selbſtmord glauben, mit Ausnahme der Clique und ihrer Anhänger. Herr Bezirksprokurator Raflaub gab daher nur dem allgemein laut werdenden Unwillen Ausdruck, wenn er die Ausgrabung der Leiche, wenn er überhaupt eine gerichtliche Unterſuchung verlangte und den Herrn Demme wie die Frau Trümpy verhaften ließ.

Dieſe Schritte, ſo ſehr ſie durch gewichtige Schuldanzeigen ge= rechtfertigt waren, behagten den deutſchen Ordensrittern und ihren intimen Freunden, den Räthen der Regierung Nr. 2, ſehr wenig; ſie beſpöttelten die Pflichttreue des Bezirksprokurators und ließen da und dort durchblicken, Herr Raflaub habe ſich mit dieſem Schritte viele böſe Gäſte in die Haare geladen. Wirklich erlebte dieſer an der Unterſuchung gegen Dr Demme und Frau Trümpy vielen Ver= druß, denn von Anfang an mußte er ſich davon überzeugen, daß der Herr Unterſuchungsrichter von Bern von vornеherein von der Unſchuld der Angeklagten ſo ſehr überzeugt war, daß er nur mit Widerwillen und mit Widerſtreben die Unterſuchungshandlungen vornahm, welche die Staatsanwaltſchaft verlangte. Endlich aber bot ſich dazu Gelegenheit, den unbequem werdenden Bezirksproku= rator zu beſeitigen; dieſer theilte dem Herrn Unterſuchungsrichter mit, welchen Eindruck die Kunde, daß Gift im Magen des Trümpy gefunden worden sei, auf den Angeklagten gemacht habe. Herr Bircher sagte nun sofort, infolge dieser Mittheilung müsse er Herrn Raslaub als Zeugen betrachten; er berichtete jene Aeußerung an die Anklagekammer und diese erklärte, Herr Raslaub sei rekusirbar. Ebensogut kann man jeden Untersuchungsrichter rekusiren, der protokolliren läßt, daß ein Untersuchungsgefangener geweint oder gelacht habe. Indessen war mit diesem Wegtreiben des Herrn Raslaub freie Hand gewonnen und man kann nicht sagen, daß sein Nachfolger die Anklage mit allzugroßer Energie aufrecht erhalten hätte.

Es ist nicht möglich, hier in alle Details dieser merkwürdigen Geschichte einzutreten. Nur soviel ist bemerkenswerth, daß die Vertheidigungsvorkehren hier sonderbarer Weise schon während der Untersuchung begannen. Frau Trümpy hatte nämlich an den Herrn Untersuchungsrichter einen Brief geschrieben, der Hrn. Demme schwer belastete, jedoch gerade da abbrach, wo es sich um die letzten ent=scheidenden Aufschlüsse handelte. Herr Untersuchungsrichter Bircher veranstaltete hierauf kein Verhör mit Frau Trümpy, wie natürlich dies auch gewesen wäre; im Gegentheil, lange Zeit hielt er an der Ansicht fest, dieser Brief gehöre nicht zu den Untersuchungsakten. Es begannen nun aber sofort die berühmten Hallucinationen der Frau Trümpy; ihre compromittirenden Aufhellungen mußten durch gerichtlichen Befund von Aerzten wiederum entkräftet werden. Es fanden sich in der That einige Jünger Aesculaps, die einige Virtuosität darin besitzen, vernünftige Leute als Narren und Narren als vernünftige Leute auszugeben.

Auch in dem durch Hrn. Demme bestellten und aufgeführten Dr Husemann sehen wir ein Vertheidigungsmittel auftauchen, wie der Berner=Strafprozeß ein solches bisher nicht gekannt hatte. Zeuge war Herr Dr Husemann nicht, denn aus eigener Wahrnehmung konnte er über den Fall nicht die geringste Auskunft geben. Also war er Sachverständiger. Allein sonst ernennt das Gericht die Oberexperten, wenn eine Oberexpertise zulässig erscheint. Hier war es anders; der Angeschuldigte durfte diese Wahl selbst treffen.

Gewiß war das eine weitgehende Nachgiebigkeit zu nennen, die aber Herrn Dr Emil Vogt, den Vertheidiger Dr Demme's, nicht daran verhindern konnte, die übrigen Sachverständigen, welche die Ansichten Dr Husemann's nicht theilen wollten, in seinem Vortrage und in amerikanischen Zeitungen auf grobe Weise zu beschimpfen, sie „Mordhunde" zu nennen!

Ja, auch der Assisenpräsident wurde von Seiten dieses Vertheidigers beschuldigt, er habe den Demme auf unbillige Weise in Widersprüche zu verwickeln gesucht, er habe ihn einer ungünstigen Beleuchtung im Großrathssaale, einem grellen Fensterlichte ausgesetzt, u. s. w., während die Verhandlungen mit der größten Schonung geleitet wurden. Wenn Dr Demme und sein Vertheidiger vor den Geschwornen in einem etwas schiefen Lichte erschienen, so trug sicherlich nicht der Assisenpräsident die Schuld hieran.

Aber noch mehr. Die beiden Vertheidiger, Herren Fürsprecher Aebi und Vogt, verdächtigten auch Hrn. Dr Emmert in einer Weise, die über die Schranken, in welcher sich auch die Vertheidigung bewegen soll, weit hinausging. Sie schrieben das feste Beharren auf seiner Ansicht, auf seiner tiefinnersten Ueberzeugung, seiner Leidenschaft und seiner Eifersucht zu, während das Benehmen des Herrn Emmert jedem Unbefangenen laut und deutlich sagen mußte, daß hier ein gewissenhafter Mann einem Schwarme von Parteigängern gegenüberstehe, die sich zum Niederdrücken der Wahrheit verschworen hatten. Herr Aebi behauptete in seiner Rede, dieser Herr Emmert habe sich so große Blößen gegeben, daß man ihn unmöglich mehr als Sachverständigen berufen könne. Dieser Herr Aebi focht überhaupt mit allerlei Mitteln. So entwarf er von der Persönlichkeit und vom Charakter des Trümpy ein wahres Schaudergemälde und behauptete, das sei der schlechteste Mensch gewesen, der je unter Gottes Sonne auf Bernerboden herumgelaufen. Die Mängel und Schwächen Trümpy's mußte nun freilich Herr Aebi weitaus am besten kennen, denn er gerade war sein langjähriger Anwalt, sein Rathgeber und Geleitsmann in allerlei Nöthen und Aengsten auf dem Gebiete des Civil- wie des Criminalrechts. Herr

Trümpy fluchte die Eide in seinen Prozessen, oft ziemlich zweifelhafte Eide, mit allem Anstand herunter, ja, man muß es sagen, mit großer Zuversicht und Eleganz. Nicht minder schwungvoll trug Herr Aebi die Prozesse in unterer und oberer Instanz vor. Nun aber war Trümpy todt und sein ehemaliger Anwalt durfte ihn dreist als einen halben Teufel an die Wand malen, denn die Todten bezahlen keine Kostennoten mehr, sie repliziren und dupliziren bekanntlich nicht mehr, sonst wäre es von hohem Interesse gewesen, auch die Erwiderung Trümpy's anzuhören.

Der Wahrspruch lautete auf Freisprechung in Bezug auf den Giftmord; man sagt, dieses Verdikt sei mit 7 gegen 5 Stimmen erfolgt. In jedem Falle dachte Niemand daran, dieses Verdikt zu tadeln, und noch heute denkt kein Billigdenkender daran, denn die Schuldbeweise, wie schwer sie auch waren, wurden wiederum durch eine Anzahl von Entlastungsindizien entkräftet und — in dubio pro reo, im Zweifelsfall muß man zu Gunsten des Angeklagten stimmen. Der schwerste Schuldbeweis, die beiden an Patienten verübten Ringdiebstähle, war und blieb den Geschwornen unbekannt, sonst würde wohl der Eine und der Andere sich gesagt haben: „Wenn dieser Herr Doktor Kranke um Ringe im Werthe von vielen tausend Franken bestehlen konnte, so wird er auch nicht zu gut dazu gewesen sein, einen ihm im Wege stehenden dritten Patienten mit Gift aus der Welt zu schaffen." Briefliche Mittheilungen über diese beiden Ringdiebstähle gelangten zwar zwei oder mehrere Tage vor dem Schlusse der Assisenverhandlungen in die Hände des Untersuchungsrichters; der eine Ring war diesem schon aus der Voruntersuchung her bekannt, allein — die Geschwornen erfuhren kein Wort davon. Man kann nun freilich sagen, diese neuen Schuldbeweise haben noch nicht klar genug vorgelegen und man hätte durch ihre Vorlage den Herrn Dr Demme fast unerbittlich aus dem Assisensaal auf's Schaffot geschickt. Immerhin aber hätten sie hinreichen sollen, um nach erfolgter Freisprechung sofort wiederum die Verhaftung des Herrn Dr Demme anzuordnen.

Der Untersuchungsrichter von Bern fand sich also zu keiner

Verfolgung veranlaßt; warum, weiß ich nicht, und mit mir wissen es noch viele Leute nicht. Er reiste nach Berlin, um den objektiven Thatbestand noch genauer festzustellen und nun begann ein freches Spiel mit der Justiz und mit der öffentlichen Meinung im Kanton Bern. Es war klar, daß der Schützling der Firma Niggeler und Vogt, der Mann, für welchen die Mitglieder der Clique als Sachverständige, als Zeugen, als Vertheidiger, und Gott weiß als was noch, in den Riß gestanden waren, unmöglich als gemeiner Dieb vor den Assisen erscheinen durfte. Ja, auch nicht einmal eine Verhandlung und eine Verurtheilung in contumaciam durfte erfolgen und einen Einblick in die bodenlose Verworfenheit einer gewissen Sorte von Leuten gestatten. Demme mußte verschwinden, mehr als das, er mußte todt gesagt und todt geglaubt werden, damit das Grab diese schändliche Geschichte vor den Augen der Justiz und vor den Augen des Volkes verdecke.

So verreiste Demme mit seiner Flora und bald darauf wurde „Freunden und Feinden die erschütternde Kunde" durch die öffentlichen Blätter mitgetheilt, daß dieses junge Paar, in treuer Liebe verbunden, seinen Tod in den Fluthen des Genfersee's gesucht und gefunden habe. Die angestellten Untersuchungen erwiesen dieses Gerücht als grundlos; man hatte den Schauplatz für diese traurige Komödie zu nahe an der Bernergrenze gewählt und man mußte ihn vom Genfersee an's Ufer des mittelländischen Meeres verlegen.

Um die gleiche Zeit, wie Dr Demme und Flora, verschwand auch der Vertheidiger, Herr Dr Emil Vogt aus Bern. Er wollte späterhin behaupten, er habe diese Zeit im Tessin zugebracht, allein es erschienen in Newyorker Blättern Correspondenzen von ihm, deren Autorschaft er nicht bestreiten konnte und die von Florenz aus datirt waren. Der Plan zur Flucht Demme's war offenkundiger Maßen im Büreau der Herren Niggeler und Vogt vorberathen worden, und ich habe immer die Ueberzeugung gehabt, daß Dr Emil Vogt, nachdem er sich seiner Aufgabe als Vertheidiger so ruhmvoll gewachsen gezeigt, nun auch die Rolle eines Quartiermeisters von Nervi meisterlich durchspielte. Es galt da, sich aus einem Spital zwei Leichname zu verschaffen, Wachsfiguren mit verzerrten Gesichtern nach den mitgebrachten Photographien anfertigen und diese Wachsbilder wiederum abphotographiren zu lassen; — überhaupt galt es vielerlei Dinge vorzubereiten, damit späterhin der Untersuchungsrichter von Bern getrost auf dem Schauplatze des zweiten Selbstmordes erwartet werden dürfe. Die Vorbereitungen zu diesem zweiten Theaterstreiche erwiesen sich denn auch als gut angelegt. Der Herr Untersuchungsrichter kam, sah, oder sah nicht, und — schrieb einen langen Bericht, nach welchem es keinem Zweifel unterworfen sein konnte, daß es Dr Demme und seiner Flora in Nervi wirklich an's Leben gegangen. Herr Bircher brachte ihre Kleider zurück, — einen schlagenden Beweis, denn in ganz Genua gibt's natürlich keine Kleider zu kaufen! Die Leichname freilich ließ Herr Bircher nicht ausgraben, sondern er sagte in seinem Berichte, „wahrscheinlich" hätten die italienischen Gerichtsbehörden diese Ausgrabung nicht einmal gestattet. Aus den neuesten Erkundigungen, die ein Appenzeller bei dem Richter von Nervi einziehen ließ, ergibt es sich nun, daß dieser Ortsrichter keineswegs an die Mähr von der Beerdigung des wirklichen Dr Demme und der Flora Trümpy auf dem Kirchhofe zu Nervi glauben will. Herr Bircher scheint also diesen Richterbeamten vollständig umgangen zu haben; auch wagte er es nie, zu behaupten, daß er ein Gesuch um Ausgrabung der Leichen gestellt habe; er meint nur so nebenbei, wahrscheinlich hätten die italienischen Behörden einem derartigen Gesuche kaum entsprochen. Wenn man aber von Bern extra nach Genua und nach Nervi reist, um zu wissen, ob die dort beerdigten Leichname wirklich identisch seien mit Dr Demme und Flora Trümpy, so lohnte es sich doch auch der Mühe, eine bestimmte Anfrage an die Behörden zu stellen. Das hat nun Herr Bircher unterlassen und seine Untersuchungsmanier läßt immerhin die Möglichkeit einer Täuschung, eines feinen Betruges zu. Er begnügte sich mit der Crinoline und mit dem Kleide der Frl. Trümpy, mit Hut, Rock und Hosen des Dr Demme, und doch singt schon Leporello in der schönen Oper Don Juan:

„'s ist nur sein Kleid,
Barmherzigkeit!" —

Aber der untadelhafte Kämpe der gouvernementalen Richtung, Herr Kantonschorrichter und Fürsprecher Matthy's, lieferte in der Berner-Zeitung noch eine viele viele Tariffseiten haltende Rechtfertigung jenes Berichtes, worin sich namentlich auch folgende schlauköpfige Beweisführung mit unsterblicher Unumstößlichkeit breit macht: Dr Demme und Flora Trümpy sind wirklich todt und begraben zu Nervi, denn auf dem von Herrn Untersuchungsrichter Bircher zurückgebrachten Kleide der Frl. Trümpy fand sich auch noch ein von Oelfarbe herrührender Flecken vor, der auf jenes Kleid kam, als Flora einst ihre Mutter im Gefängnisse besuchte und an einem frisch mit Oelfarbe bestrichenen Geländer streifte. Bon!

Diese Beweisführung erinnert lebhaft an den berühmten „Hick". (Einschnitt) im glückhaften Schiffe der Merliger, der ehemaligen Krähwinkler des Kantons Bern. Man erzählt sich, zur Zeit des Uebergangs hätten die Merliger eine silberne Kirchenglocke besessen und, um diese vor den Franzosen zu retten, sei beschlossen worden, sie im See zu verstecken. Die Merliger bemannten also ein Schiff, brachten die silberne Glocke in dasselbe, fuhren dann auf den Thunersee hinaus und versenkten ihr Kleinod. Damit sie aber wissen, wo die silberne Glocke wiederzufinden sei, machten sie an der Stelle, wo man die Glocke am Seil in die Tiefe gelassen hatte, einen Einschnitt oder „Hick" in's Schiff. — Der „Hick" am Schiffe zeugte noch viele Jahre hindurch von der Klugheit der Merliger; aber die silberne Glocke kehrte nicht wieder und ließ sich nicht mehr auffinden, sondern auf den heutigen Tag noch behauptet sie hartnäckig ihren Sperrsitz auf dem Grunde des Thunersee's, ebenso hartnäckig, wie Vater Matthy's seiner Zeit in der Berner Zeitung für seine Ueberzeugung, d. h. für die Unfehlbarkeit der Regierungsräthe einstand, welche seine Schreibstube mit Staatsprozessen füttern.

So verhält es sich auch mit dem Oelflecken in dem in Nervi zurückgelassenen Kleide der Flora Trümpy; ebenso sicher, als der

„Hick" am Schiffe der Merliger vom Verschwinden ihrer Glocke zeugt, findet sich auch der Flecken auf dem Kleide Flora's vor und beweist, wo nicht ihren Tod, so doch ihr Verschwinden. Schade nur, daß bei dieser Gelegenheit auch ein dunkelfarbiger Flecken auf den Unterrock der bernischen Gerechtigkeit fiel! Da Herr Kantonschorrichter Matthys als Degraisseur, d. h. als Fleckenausmacher bei allerlei Staatsunfällen sich nicht allein große Verdienste, sondern auch großen Verdienst anzueignen wußte, überlasse ich es ihm billiger Weise, auch den Unterrock der bernischen Justiz in Behandlung zu nehmen.

Auf solche und ähnliche Argumente hin wurde Dr Demme für maustodt erklärt, die Untersuchung auf Diebstahl aufgehoben, ein amtliches Güterverzeichniß über seine Verlassenschaft ausgeschrieben, mit einem Worte, ein Todtenamt gefeiert, wie es die bernische Civil- und Criminalgesetzgebung nur wünschen kann. Die Anklagekammer stützte sich in ihrem Beschlusse auf den Bericht des Herrn Untersuchungsrichters; sie hätte besser diesen noch einmal nach Nervi geschickt ad melius agendum. Meines Erachtens hat sich die hohe Anklagekammer auch durch diesen Beschluß so ziemlich als die camera obscura des bernischen Obergerichts herausgestellt.

Indessen, die Sache wurde in Bern geglaubt; die guten Bürger und Bürgerinnen von Bern vervollständigten ihre Photographie-Albums mit den Bildnissen Kaspar Trümpy's und seiner Wittwe, Dr Demme's und Flora's, wie sie leibten und lebten und wie sie todt ausgesehen haben sollten. Les bons bourgeois de Berne ont été bernés!

Nun langt aber im Jahre des Heils 1868 ein gewisser Spitznagel, gewesener Soldat in Mexiko, in Bern an und treibt einen verzweifelt spitzigen Nagel in den Sarg dieses guten Bernerglaubens. Er sagt, daß Herr Dr Demme sich wohl und gesund in Mexiko befinde, daß er selbst dort von Demme behandelt worden sei, ja daß er einem in Bern wohnenden Bruder dieses Herrn Doktors Grüße und Nachrichten überbracht und zwei Franken Trinkgeld dafür erhalten habe. Die camera obscura beschließt, auf diplomatischem Wege in Erfahrung zu bringen, ob Demme sich ihres Beschlusses ungeachtet noch am Leben befinde.

Es möchte etwas lange anstehen, bis Antwort auf diese Anfrage erfolgt. Vorläufig aber stellte die schweizerische Presse thatsächlich fest, daß die Gerichtsbehörden des Kantons Bern jedes Mal bedenklich zusammenfahren und aufschreien, wenn ein Wort über die Demmegeschichte laut wird. In der That, dieser Aufschrei klingt merkwürdig genug und ich bin im Falle mit dem nachstehenden Briefe des Herrn C. Marolf, Sekretär des Untersuchungsrichters von Bern, einen weiteren Beleg für die Empfindlichkeit bernischer Gerichtsbeamten in diesem Punkte zu liefern.

Herr Bircher ließ sich nach zwölfjähriger Ehe im Jahre 1866 von seiner Frau scheiden. Er behauptete entdeckt zu haben, daß er und seine Ehefrau einen zu ungleichen Grad von Bildung besitzen, um länger zusammenleben zu können. Diese Dinge gehen den Verfasser einer politischen Broschüre nichts an und er mag sich in dieselben auch nicht mischen. Herr Bircher wurde durch Urtheil des Amtgerichts Bern von seiner Frau gerichtlich getrennt und der ehemaligen Frau Untersuchungsrichterin keine Entschädigung zugesprochen. Sie wollte appelliren, allein Herr Bircher veranlaßte sie, ihre Berufung an den Appellations= und Kassationshof zurück= zuziehen, mit dem Versprechen, ihr eine Entschädigung zukommen zu lassen. Die gute Frau unterließ es, sich diese Zusage schriftlich auszubitten. Sie verzichtete in guten Treuen auf ihren Rekurs, allein ihr Mann erinnerte sich seither seines gegebenen Wortes nicht mehr. — So sagt Frau Bircher. — Ich will das Alles nicht untersuchen, sondern nur sagen, was ich weiß und was ich zur Erklärung des nachstehenden Briefes nothwendig finde.

Die abgeschiedene Frau Bircher kam im Frühjahre 1867 nach Genf und suchte eine ihrem Stande angemessene Beschäftigung. Nach= dem sie die Brüder ihres Herrn Gemahls hatte auferziehen helfen, langte sie arm, verzweifelt, der französischen Sprache beinahe unkundig, rathlos in Genf an. Sie suchte einen Platz als Magd, denn ein richtiges und delikates Gefühl sagte ihr, daß sie in Bern nicht als Dienstmagd figuriren könne, ohne ihren Mann, welchen sie immer noch liebte, in Verlegenheit zu setzen.

Frau Bircher erhielt im Schooße meiner Familie ihre Gemüths= ruhe wieder. Ich theilte ihrem Manne, der einst mein Schulkamerad gewesen war, in einem freundlichen Briefe die Lage seiner abge= schiedenen Frau mit, bemerkend, ich sei eben nicht Geschäftsagent und könne mich nicht damit befassen, ihr eine Stelle zu suchen. Wolle er aber etwas für seine abgeschiedene Frau thun, so möge er sich an das deutsche Pfarramt in Genf wenden.

Mein früherer Schulkamerad würdigte mich keiner Antwort und ebensowenig schrieb er an das deutsche Pfarramt in Genf. Es gelang mir indessen, der Frau Bircher eine Stelle zu verschaffen, in welcher sie bis zum Monat August blieb. Ich verlor sie dann aus den Augen. Im Spätjahr 1867 verheirathete sich Herr Bircher mit einer reichen Bernerin, und wie es scheint, wandte sich die abge= schiedene Frau Bircher, die unterdessen erkrankt war, an ihren Mann, um ihn nochmals an sein Versprechen zu erinnern. Herr Bircher diktirte offenbar seinem Herrn Sekretär C. Marolf folgenden Brief, denn Herr Marolf ist kaum im Stande einen Brief zu schreiben, wenn er ihm nicht diktirt wird. Herr Bircher läßt in diesem Briefe seiner kranken Frau bedingter Weise eine Unterstützung zusichern, sofern sie ihm eine Erklärung ausstelle, daß er durch die Familie Demme nicht bestochen worden sei. Doch, man lese den Brief des Herrn Marolf selbst; er lautet:

„Bern, den 3. Dezember 1867.

„Geehrteste Frau!

„Herr Bircher hat mich beauftragt, Ihnen Folgendes anzu= zeigen:

1. Daß er auf keinen Brief jemals Antwort ertheilen wird, in welchem irgend eine Drohung oder Herausforderung enthalten ist, wie dies theilweise im Brief vom 24. Oktober, den er übrigens wegen Abwesenheit erst gegen den 10. No= vember empfangen, der Fall war. Herr Bircher kann jedem

rechtlichen Schritte ruhig entgegen sehen und fürchtet sich nicht mehr wie früher vor Drohungen und Gemeinheiten.

2. Daß Herr Bircher auch auf Ihren zweiten Brief so lange keine Antwort ertheilen wird, bis Frau Bircher folgende Erklärungen abgegeben haben wird:

  a. Daß sie nicht beabsichtigt habe, im Dezember 1866, die Frau Jenzer, geb. Steiger, zu beleidigen;

  b. Daß Frau Bircher sich niemals geäußert, Herr Bircher habe sich bei Untersuchungen bestechen lassen und es seien ihm vor ihren Augen von der Familie Demme Geldsummen bezahlt worden. (Es ist Herrn Bircher des Bestimmtesten mitgetheilt worden, daß Frau Bircher diese Aeußerungen gethan).

„Ist diesem Begehren ein Genüge geleistet, so wird sich Herr Bircher besinnen, ob und was und unter welchen Bedingungen er etwas für Frau Bircher thun wolle und könne; denn rechtlich wird sich derselbe nichts abtrotzen lassen, da er nichts schuldig ist, und was er gutwillig geben wollte, nur unter der Bedingung geschehen sollte, daß Frau Bircher ihn und seine Leute in Ruhe lasse, was nicht geschah, da sie ihn und seinen Angestellten Marti noch im Jenner 1867 auf's Gröblichste beleidigte und dafür bestraft wurde.

„Obwohl Herr Bircher gar wohl weiß, daß Frau Bircher ihn auch in Genf verlästerte, so anerkennt er auf der andern Seite, daß sie ihn doch wenigstens eine Zeit unbelästigt ließ und sollte dieser Zustand fortdauern, so wird Herr Bircher das Geschehene zu vergessen suchen und im Nothfalle ein Einsehen thun; keineswegs ist er aber im Falle seine abgeschiedene Frau, die arbeiten kann und soll, wie er selbst auch muß und die ihre Lage selbst verschuldet, beständig zu erhalten. Bei guter Aufführung wird sich die Sache schon machen und Zeit bringt Rath und vielleicht endlich auch Verstand.

„Herr Bircher wird sehen, ob seine gewesene Frau endlich den Trotz abgelegt, der Schuld und Ursache war, daß er seine Hand gänzlich zurückzog. Mag Frau Bircher nach Bern kommen oder nicht, so kann und wird derselbe in keiner Weise mit Frau Bircher verkehren und sollte sie sich herausnehmen, ihn und die Seinigen, die an den unglücklichen Verhältnissen keinen Antheil haben, in irgend einer Weise zu belästigen, so wird sich Frau Bircher die Folgen selbst zuzuschreiben haben und nochmals die Erfahrung machen müssen, daß Hr. B. Worte keine leeren mehr sind.

„Der Unterzeichnete grüßt Sie freundlich und ist bereit allfällige Briefe zu vermitteln.

C. Marolf, Sekretär."

Ich muß bekennen, daß dieser Brief, zusammengehalten mit der Beseitigung des Herrn Bezirksprokurators Raslaub, mit der Nichtabhörung der Frau Trümpy, als sie im Begriffe war Geständnisse zu machen, mit der Nichtverhaftung des Diebes Demme, und endlich mit dem Nichtausgraben der Leichen in Nervi, einen äußerst peinlichen Eindruck auf mich machte. Ich habe zwar gesagt, Bern besitze keinen Dr Ullmer, aber ich erlaube mir die bescheidene Frage an die Herren Förster und Botaniker, in welcher Verwandschaft die Ulme und die Birke zu einander stehen.

Wenn übrigens Herr Bircher und wenn die Anklagekammer des Kantons Bern sich darüber noch in Zweifel befinden sollten, ob Herr Dr Demme noch am Leben sei, so haben sie nicht nöthig, deßhalb nach Mexiko zu schreiben, sondern sie können darüber aus nächster Nähe Auskunft erhalten. Bevor noch Spitznagel in Bern seine Eröffnungen machte, erzählte ein Freiburger, zu dessen Adresse ich den Behörden verhelfen kann, hier in Genf ganz die nämlichen Dinge, wie sie Spitznagel in Bern auskramte. Dieser Freiburger diente ebenfalls als Soldat der Fremdenlegion in Mexiko, und was die Hauptsache ist, er kennt Herrn Dr Demme von Bern her persönlich, da er seiner Zeit im Bernerhof als Kellner angestellt war. Auch dieser versicherte hier in Genf vor Zeugen, Dr Demme habe ihn in Mexiko vom gelben Fieber gerettet; er sei dort der beste Arzt und allgemein beliebt.

An dem schändlichen Betruge von Nervi bleibt also kein Zweifel mehr übrig. Wo aber in einer Republik durch eine Clique ein derartiger Betrug an der öffentlichen Meinung verübt wird, da muß gründlich revidirt und gesäubert werden; da reicht das Referendum, welches der Große Rath in der elften Stunde gütigst geben will, nicht mehr aus. Nein, die Independentenpartei der **ehrlichen Leute im Lande** muß sich eben zusammenthun, um mit der Coterie aufzuräumen.

III.

Soziale Verhältnisse.

Es sind nun drei Jahre her, seit ich meine Broschüre: „**Oeffnet die Augen im Bernerland**" veröffentlichte. Ich glaube in derselben nachgewiesen zu haben, daß durch den Bankwucher, durch die Wechselgesetze, durch die Sporteln der Rechtsagenten, u. s. w., der Mittelstand, der kleinere Grundbesitz ruinirt werde. Ich stellte fest, daß der mit Schulden belastete Bauer nicht den nämlichen Zinsfuß bezahlen könne wie der Handelsmann. Ich verlangte, unter Hinweisung auf die Verfassung des Kantons Bern, daß die Hypothekarkasse aufrecht erhalten werde, daß man nicht alle Geldsuchenden in die Wechselküche des Herrn Stämpfli liefere. Ich that dies zu einer Zeit, wo Frankreich die Fonds seiner Hypothekarkassen um 400 Millionen vermehrte, wo aber in unserer Republik ein ehemaliger Führer der radikalen Partei die erste Staatsstelle in der Eidgenossenschaft niedergelegt hatte, um ein Geldwechsler, ein Goldkönig, ein Bedrücker des Mittelstandes zu werden.

Ich sagte damals, die Rettung des Mittelstandes liege in der Aufgabe aller Patrioten. Ich betonte folgenden Satz: „Wenn eine Republik ihren Mittelstand geflissentlich ruiniren läßt, so ist dies nichts Anderes, als eine Art von Selbstmord. Oder was nützen alle politischen Freiheiten, wenn die große Mehrzahl der Bürger in sozialer Abhängigkeit schmachtet, wenn die mittleren und unteren Stände aus ihrem Landbesitz hinausgestoßen werden?"

Ich sagte, in einem Zeitraume von zehn Jahren werde der Bankschwindel unseren Mittelstand, unseren vertheilten Grundbesitz an den Bettelstab gebracht haben.

Man verlachte mich, man spottete über meine Wahrheiten. Man entgegnete mir, wir leben in einer Zeit, wo nur die Grundsätze der Selbsthülfe und der Association Anspruch auf Erfolg haben können. Der Zeitgeist habe die eidgenössische Bank, den Wucher und die Wechselgesetze geschaffen, nicht Herr Stämpfli.

„Doch, was Ihr so den Geist der Zeiten heißt,
Das ist im Grund der Herren eig'ner Geist."

Im Kanton Bern ließ man die Hypothekarkasse in Verfall gerathen, um dem Wucherinstitut des Herrn Stämpfli die größtmöglichen Dividenden zuzujagen. Man hob die Wuchergesetze auf und der Grundbesitzer zahlt nun die nämlichen Provisionen, den nämlichen Zins, wie der Handelsmann. Es gibt in Wahrheit kein Kapital mehr, das auf Grundpfand und auf längere Zeit angelegt wird. Man kennt im Kanton Bern seit der Entstehung der eidgenössischen Bank nur noch Wechselgeld, nur noch Wechselkurs. So wollte es Herr Stämpfli und der Große Rath gab sich bis jetzt willig zum Werkzeug seines Willens her.

Die Folgen dieses Verfahrens konnten nicht ausbleiben. Doch, in unserer materiellen Zeit beweist man ohne Zahlen nichts. Ich habe mir daher die Mühe genommen, die steigende Progression der Gantsteigerungen und der Geltstage im Kanton Bern seit der Gründung der eidgenössischen Bank und seit der Einführung der Wechselgesetze für unsere Bauern zu beobachten. Die nachfolgenden Zahlen beweisen, wie wahr, wie traurig wahr ich die Geschicke unseres Mittelstandes vorausgesagt hatte. Wem meine erste Broschüre die Augen nicht öffnen konnte, dem werden sie wahrscheinlich durch nachstehende Zusammenstellung aufgesperrt.

Die eidgenössische Bank wurde im Spätjahre 1863 gegründet. Nun hatten wir einzig und allein im alten Kantonstheil seither folgende

Gantsteigerungen:

Jahr	Anzahl
1864	1230.
1865	1830.
1866	2139.
1867	3141.

Berechnet man eine Wechselbetreibung bis und mit der Ausschreibung der Gantsteigerung zu 100 Fr. (was sehr tief gegriffen ist), so findet man, daß nur im Jahr 1867 nicht weniger als 314,100 Fr. aus den Taschen der ärmeren Bevölkerung in den weiten Schnappsack der Rechtsagenten gewandert sind. Und doch gelangt kaum der zehnte Theil der Betreibungen bis in's Stadium der Gantsteigerung. Der Kanton Bern zahlt Jahr für Jahr wenigstens 1 1/2 — 2 Millionen Franken an Betreibungskosten.

Man sieht auch, daß sich die Zahl der Vergantungen im Kanton Bern seit 1864 nahezu verdreifacht hat.

Wo solche Zahlen sprechen, da kann ich schweigen.

Noch viel erbaulicher stellt sich das Verzeichniß der im alten Kantonstheil vollführten Geltstage heraus. Ich habe sie seit dem Jahre 1857 zusammengestellt. Man prüfe folgendes Tableau der

Geltstage:

Jahr	Anzahl
1857	735.
1858	604.
1859	593.
1860 (Einführung des Wechselgesetzes)	634.
1861	920.
1862	993.
1863	979.
1864 (Beginn der eidgen. Bank)	746.
1865	946.
1866	1098.
1867	1341.

Darf man die Monate Januar, Februar und März zum Maßstab für das Jahr 1868 annehmen, so wird die Zahl der Geltstage in diesem Jahre auf nahezu 2000 ansteigen.

Man sieht, daß die Zahl der Geltstage sich seit 1864 beinahe verdoppelt hat. Meine Zahlen sind dem Amtsblatte entnommen.

Veranschlagt man die Kosten eines Geltstags, was wiederum eher zu tief als zu hoch gegriffen ist, nur zu 250 Franken, so finden wir, daß die Amtsgerichtsschreibereien und was drum und dran hängt in einem Zeitraume von zehn Jahren, einzig und allein von den Geltstagern im alten Kantonstheil, zwei Millionen und fünfmalhunderttausend Franken bezogen haben.

Auch hier mag ich weiter nichts beifügen.

Aber von einem anderen, weit größeren Schaden will ich sprechen. Nach dem jetzt im Kanton Bern geltenden Strafgesetzbuche erhält der Todtschläger, der Dieb, der Münzfälscher, der Betrüger nur einige Jahre Einstellung in der bürgerlichen Ehrenfähigkeit. Er lebt nach 5 bis 10 Jahren von selbst wieder in seinen bürgerlichen Rechten und Ehren auf. Nicht so der Geltstager; dieser bleibt ehr- und wehrlos, bis er auch den letzten Heller seiner Schulden bezahlt. Er darf nicht Militärdienst thun, er kann weder Zeugniß reden, noch wählen; er ist und bleibt ein Ausgestoßener, ein Geächteter der bürgerlichen Gesellschaft.

Der selige Schultheiß Neuhaus pochte dereinst auf die vierzigtausend Berner-Bajonnete. Zur Stunde aber besitzt der Kanton Bern noch eine zweite große Armee, die keinen Militärdienst thun darf, nämlich die große Armee von 36,000 Geltstagern. Bleibt Herr Stämpfli noch zwei Jahre einflußreicher Großrath oder Großrathspräsident, Mitglied der Regierung Nr. 2, Tonangeber im Kanton Bern und beglückender Bankpräsident, so wird er mit der Beruhigung aus dem öffentlichen Leben scheiden können, neben die vierzigtausend Berner-Bajonnete eine Armee von vierzigtausend Vergeltstagten hingestellt zu haben.

Kleiner Neuhaus! Großer Stämpfli!

Im verflossenen Jahre beantragte Herr Dr Frei im National=
rathe, man möchte über die Zahl der Geltstager und über die
wehrfähigen Leute, welche durch eine barbarische Gesetzgebung der
Armee entzogen werden, statistische Erhebungen aufnehmen lassen.
Der Nationalrath setzte sich über diesen Antrag hochnasig hinweg
und die Berner stimmten natürlich fast wie ein Mann für Tages=
ordnung, weil sie wohl wußten, daß diese Statistik ihre Schande
und die Schande der Berner=Zustände überhaupt aufdecken müßte.

Die wohlfeile Ausrede, daß die Zeitumstände dies gemacht
haben, ist eine grobe Lüge. Jedes Zeitalter schafft sich seine
Zustände selbst, es macht selbst seine Gesetze, es entscheidet über
sein Loos. In Bern hat man aber seit längerer Zeit die Gesetze
nicht für das Volk sondern für die Volksaussauger und Volksaus=
beuter, für Stämpfli und seine Clique gemacht. Man führte das
Wechselrecht für alle Bürger, nicht nur für die Handelsleute ein,
man zwingt den Landmann sein auf seinem Grundbesitz haftendes
Kapital mehrmals des Jahres in Wechseln umzusetzen und Bank=
provisionen zu bezahlen, man gibt der eidgenössischen Bank, einer
Privatunternehmung, die den Namen der Eidgenossenschaft miß=
braucht, das Privilegium der Banknotenemission, und wenn man
frägt, warum dies Alles, so heißt es: „Man muß mit der Zeit
marschiren."

Und mit den 36,000 Geltstagern, wie marschirt Ihr da so
zeitgemäß, Ihr Herren Berner=Großräthe mit Euren langen, aber
meist unter den Wirthschaftstischen versteckten Freiheitsbeinen?
Habt Ihr noch nie daran gedacht, daß Ihr an diesen 36,000
Heloten, an diesen ehr= und wehrlosen Parias, einen gefährlichen
und erbitterten Feind aufzieht, der alljährlich um 12 bis 1500
neuer Rekruten vermehrt wird. Glücklicher Weise ist die Vater=
landsliebe Sache des Gefühls und das Gefühl ist bei diesen armen
Teufeln größer und lebendiger geblieben, als bei Eurem großen
Wechsel= und Wucherkönig von Janzenhaus, dessen Patriotismus
sich nach der Elle des Quartalzapfens bemißt, der dem Staatsdienste
den Rücken kehrt, sobald fremde Finanzschwindler ihm ein glänzendes

Handgeld bieten, damit er das Geld der Schweiz unter seiner hohen Zinstrommel besammle und es in ausländische Unternehmungen stecke. Man muß nämlich nicht glauben, daß Stämpfli fremdes Geld in die Schweiz hereinziehe; dies war nur im Anfang der Fall; gegenwärtig aber machen sich die größten Unternehmungen der eidgen. Bank im Auslande und im Kanton Bern führt der Geldmangel jährlich Tausende dem Geltstag zu.

Was meint Ihr nun, wie würde es im Ernstfalle, wir wollen annehmen in einem Kriege gegen Frankreich, dessen Gesetzgebung unverschuldetes Unglück nicht mit Ehrlosigkeit bestraft, mit Eurer Armee von 36,000 Geltstagern herauskommen, wenn diese nicht mehr Patriotismus besäßen, als Herr Stämpfli und seine St. Simonisten? Ihr habt diesen Falliten jeden Fuß breit Erde in der Heimat genommen und ihre Habe zu Spottpreisen versteigert, — gut, das läßt sich noch ertragen; aber Ihr verurtheilt sie zu lebenslänglicher Ehrlosigkeit, Ihr stellt sie, vielleicht um eines zu guten Herzens willen, tief unter den Verbrecher; Ihr laßt sie kein Wort mitreden in öffentlichen Dingen? Wenn diese Leute nur ihren Verstand berathen wollten, nicht auch ihr Gefühl, so würden sie unsern modernen Volksbeglückern auch mit der absoluten Theorie der Selbsthülfe antworten und sagen: „Diejenigen mögen sich schlagen, die noch etwas zu verlieren haben, denen ihre Habe und ihre Ehre noch nicht von Wechselkönigen, Rechtsagenten und Amtsgerichtsschreibern unter dem Schirme des Gesetzbuches hinweg gestohlen wurde."

Das wären die Folgen, die letzten Ausläufer jener hohlen Theorie der Selbsthülfe, welche man zu Gunsten der Bankschwindler als alleinseligmachende nationalökonomische Weisheit predigt. Jene Theorie, in ihrer ganzen Schärfe genommen, wie sie eben in den Geldfragen im Kanton Bern haarscharf zur Ausübung gelangt, ist die vollständige Verneinung und Aufhebung des altschweizerischen Wahlspruches: „Alle für Einen und Einer für Alle!" Aber wo ist dieser Grundsatz hingekommen bei unseren tonangebenden Majestäten in Bern? Etwa an den Schützenfesten noch, wo es gilt, das Volk, das von diesen Herrn so betittelte „Stimmvieh", in Begeisterung zu versetzen, da suchen sie diesen Grundsatz wie einen Fetzen alten Seidenzeugs aus der Rumpelkammer hervor und lassen ihn hoch leben. Dann geht dieser Wahlspruch der alten Eidgenossen noch insofern in Erfüllung, als oben auf der Rednerbühne **Einer für Alle trinkt**, unten aber **Alle für Einen Bravo rufen**.

Bern muß aus dieser sozialen Finsterniß, aus diesen für eine Republik geradezu spöttischen und schändlichen Zuständen herauskommen; es darf nicht seinem sozialen Grauholz, Fraubrunnen und Neueneck blindlings entgegengeführt werden, wie seiner Zeit das aristokratische Bern dem ersten Neueneck durch die Nacht politischer Unfreiheit hindurch willenlos entgegenrollte. Das Denkmal, welches am 26. August 1866 den dort gefallenen Kämpfern aufgerichtet wurde, war eine Ehrenschuld, die man endlich ihrem Andenken bezahlte; wohl ist es ein hehres Erinnerungszeichen an die letzte Waffenthat des alten Bern. Es soll aber mehr sein, als das. Es sei uns auch ein ernstes Mal und Wahrzeichen, daß der urchigste Bernermuth, der bestgeführte Kolbenschlag, die wüthendsten Bajonnetstöße da nimmermehr ausreichen, wo sie gegen die Ideen der Freiheit und der Humanität ankämpfen, wo die Vaterlandsvertheidiger die Schmach verrotteter Zustände im eigenen Land mit ihren Leibern bedecken müssen!

Auch hier sind also große und dringende Fragen zu lösen. Mit den alten, dem Materialismus so sehr verfallenen Führern an der Spitze geht es eben nicht mehr, denn ihre jetzigen Bestrebungen gehen einzig und allein auf die Verherrlichung ihres lieben Ich's und auf die Füllung ihres Geldsacks aus.

Wie ich es schon vor Jahren sagte, muß die Hypothekarkasse möglichst gehoben und vor ihrem Verfall bewahrt werden; ferner muß das Institut der Rechtsagenten verschwinden, das Betreibungsverfahren vereinfacht und die daherigen Funktionen zu einem billigen, in seinem Maximum unerbittlich festgestellten Tarif den Gemeindeschreibern, oder, wo diese nicht ausreichen sollten, einem anderen Beamten der Gemeinde übertragen werden. Die Amtsgerichtsschreiber müssen fixe Besoldungen erhalten. Das sind Forderungen, welche eine Verfassungsrevision befriedigen soll; es sind Dinge, die mit den politischen Fragen Hand in Hand gehen. Das Volk darf nur recht wollen, so müssen die Uebelstände verschwinden, unter denen es dermal seufzt. Ich weiß es wohl, daß der gute alte Kapitalist, der nur 3, 3 1/2 und 4 % von seinem Gelde nahm, zu Grabe gegangen ist, und nicht sobald wieder auferstehen wird. Aber die Grundsätze der Humanität müssen wieder auferwachen auch auf diesem Gebiete und die Association darf sich nicht allein in herzlosen Ausbeutungs= gesellschaften kundgeben, sondern auch in ihr muß sich das Bestreben erkennen lassen, die Ideen der Humanität zur Geltung zu bringen, einem Gebrechen unserer Zeit entgegenzutreten und den Grundsatz der alten Eidgenossen nicht so ganz und gar zu vergessen: „Alle für Einen und Einer für Alle."

IV.

Schlußwort.

Wir glauben in unserer vorstehenden Schrift nachgewiesen zu haben, daß unsere Republik im Innern, wie nach Außen, nur dann wahrhaft groß und glücklich war, wenn gleichzeitig die Rechte und Freiheiten der Bürger blühten und in ihrer vollsten Ausdehnung bestanden.

Wir haben gesehen, daß die Volksrechte sich nach ihrem gänz= lichen Auslöschen nur nach und nach wieder erholen konnten, daß es lange dauerte, bis sie wiederum Wurzel schlugen, bis sie wuchsen und soweit erstarkten, daß sie nun den Kampf gegen den vorhandenen repräsentativen Wust aufnehmen können.

Man kann nicht sagen, daß dieser Entwickelungsgang ein überstürzter gewesen wäre. Es sind nun bald drei Viertheile eines Jahrhunderts verflossen, seit das alte Bern sank, seit die Ideen der Freiheit und Gleichheit aufgefrischt wurden; und doch haben wir in unserem kantonalen Staatsleben nur zwei Schritte vorwärts gethan, einen im Jahr 1831, den anderen im Jahr 1846. Zweiundzwanzig Jahre lang sind wir stehen geblieben. Und doch leben wir vielleicht im bewegtesten aller Jahrhunderte; die Eisenbahnen und die Telegraphen haben die Entfernungen aufgehoben, die Völker durcheinander gewürfelt, welterschütternde Entwickelungen hervorgerufen. Gewiß wird kein Mensch finden, daß der Muz sich zu sehr beeilt habe, wenn er nach 22 Jahren, während welcher die Welt so ungeheure Fortschritte sah, etwas mehr verlangt, als das Referendum allein.

Fast will es scheinen, der Große Rath wolle durch Gewährung des Referendums in der höchsten Noth ein Sicherheitsventil am Staatsbrennhafen eröffnen, damit die ganze Geschichte nicht in die Luft fliege. Das Referendum aber genügt heute, wo es sich fast in allen Kantonen zu regen beginnt, wo eine verjüngende Reorganisation der ganzen Schweiz im Anzuge ist, für sich allein nicht mehr. Um solche Zustände zu beseitigen, wie ich sie in meiner Schrift aufgedeckt und nachgewiesen habe, bedarf es einer Totalrevision der Verfassung durch einen vom Volke gewählten Verfassungsrath, wie im Kanton Zürich auch.

Die von den liberalen Vereinen von Bern und Biel gepflogenen Diskussionen über Erweiterung der Volksrechte, sind daher sehr verdankenswerth, allein sie haben sich nur auf diesen einen Punkt beschränkt und bleiben unzureichend, um den im Kanton Bern zu Tage tretenden Uebelständen abzuhelfen. Die Sache muß im liberalsten aller Vereine, nämlich im liberalen Verein des ganzen Volkes noch viel eingehender besprochen werden. Ob und wie viele Regierungsräthe ihre Zustimmung ertheilen, das bleibt ganz gleichgültig, denn es handelt sich jetzt nicht mehr darum, was man dem Volke aus Gnaden schenken wolle, sondern darum, was das Volk verlangt und fordert.

Meiner Ansicht nach muß das Bernervolk folgende Revisionspunkte aufstellen und an denselben unerbittlich festhalten:

1. **Das Referendum**, d. h. die Berichterstattung des Großen Rathes an das Volk. Diese Behörde ist nicht mehr der unumschränkte Gesetzgeber im Staate, sondern sie erhält die verfassungsmäßige Verpflichtung, die Gesetze und alle tief in das Volksleben oder in das Staatsvermögen eingreifenden Beschlüsse dem Volke auseinanderzusetzen, sie zu motiviren, zu begründen. Dann hat das Volk in den politischen Versammlungen sie mit Ja und Nein anzunehmen oder zu verwerfen.

2. **Die Initiative**, d. h. die selbstständige Einleitung neuer gesetzgeberischer Akte und öffentlicher Schöpfungen durch Antragstellung von Volkes wegen. Eine durch die Verfassung zu bestimmende Anzahl von Aktivbürgern kann die Erlassung neuer, im Bedürfnisse des Volkes liegender Gesetze, fordern, und die Behörden sind verpflichtet, diese Vorschläge in Betracht zu ziehen und darauf einzutreten.

3. **Direkte Wahl der Regierungsräthe durch das Volk.**

4. **Ebenso direkte Wahl der Regierungsstatthalter und Gerichtspräsidenten.**

5. **Fixe Besoldung sämmtlicher Staatsbeamten; Beseitigung der Ueberbleibsel des Systems der alten Landvögte, wie es noch bei den Amtsschreibern und Amtsgerichtsschreibern besteht.**

6. **Aufhebung des Rechtsagentenstandes; Uebertragung des Betreibungswesens an Beamte der Gemeinde; Vereinfachung des Betreibungs- und Geltstagsverfahrens; Beschränkung der Kosten durch Feststellung von Maximalansätzen für jedes Stadium der Betreibung.**

7. Aufhebung der entehrenden Folgen des Gelts=
tages in allen Fällen, wo nicht Betrug, sondern unverschuldetes
Unglück vorhanden ist.

8. Gleichmäßige Vertheilung der Steuerlast.

9. Möglichstes Ineinandergreifen der Volks= und
der wissenschaftlichen Schulen; Hebung der Mittelschulen.

10. Hebung der Hypothekarkasse; Entziehung des
Privilegiums der Banknotenemission durch Privat=
banken.

10. Beschränkung der Wechselgesetze auf die eigent=
lichen Handels= und Gewerbsleute.

12. Bessere Ueberwachung des Vormundschafts=
wesens; Anlage verfügbarer Vogtsgelder auf der Hy=
pothekarkasse.

Dies sind nur die ersten Anregungen, die Grundzüge zu einer Revision; ich bin dessen gewiß, daß ein Verfassungsrath außerdem noch ein weites und überaus ergiebiges Feld der Bearbeitung vorfinden würde: Man denke nur an die Verhältnisse der Bürger- und Einwohner-Gemeinden, an das Armenwesen, welches die Verfassung von 1846 mit einem wahren Janusgesichte hinstellte, aus dem Niemand etwas zu machen weiß. Sicher ist nur, daß die Armenpflege uns da und dort gar traurige Bilder vorführt, die man nicht in ihrer Wahrheit und Wirklichkeit vor die Oeffentlichkeit lassen darf. Wenn man dieses Elend, diese Barbarei auch nur leise in einem Feuilletonartikel berührt, so wird darauf mit einer ganzen Sammlung amtlicher und halbamtlicher Berichtigungen gedient, deren Wahrheitsliebe einem russischen Truppenkommandanten im Kaukasus alle Ehre machen würde. Und doch bleiben derartige Schilderungen meist weit hinter der Wirklichkeit zurück.

Doch, es kann nicht Zweck dieser Broschüre sein, alle Mängel des bernischen Staatshaushalts aufzudecken, denn dazu müßte man ein Buch schreiben, das an Dicke den Staatsverwaltungsberichten gleichkäme. Mir war es nur darum zu thun, den Beweis zu leisten, daß man so ziemlich in allen Richtungen des Staatslebens dem Mangel demokratischer Einrichtungen, dem Einschlummern des öffentlichen Gewissens und dem Hereinragen einer Coterie begegnet, die, zusammen verbunden, einer allseitig befriedigenden Fortentwicklung des Volkes und seiner Hülfsquellen im Wege stehen, sie hemmen und auf Abwege von jener Bahn leiten, auf welcher einst unsere Väter zum Ruhm, zur Wohlfahrt und zum allgemeinen Wohlbefinden gelangten.

Es handelt sich heute darum, in der Verfassung Garantieen gegen das Wiederauferstehen derartiger Uebelstände zu beschaffen. Der selige Papa Drüey sprach über die Verfassungen des ausgegipfelten Repräsentativsystems ein richtiges Wort, als er meinte: « De la meilleure constitution un gouvernement de rétrogrades peut faire un chiffon de papier, » d. h. aus der besten Verfassung kann eine Regierung von Rückschrittsmännern einen Papierwisch machen. Dieses Experiment sahen wir im Kanton Bern nicht in der Fünfzigerperiode allein aufführen, wir sahen auch unsere fortschrittlichen Stillstandsmänner seit 1854 bis 1868 in diesem Punkte wirklich das Unglaubliche leisten. Was aber von den repräsentativen Verfassungen gilt, welche Papa Drüey im Auge hatte, das wird bei einer wahrhaft demokratischen Verfassung, bei erweiterten Volksrechten, schlechthin unmöglich, weil die Gewalt der Rückschrittler, wie der Stillstands-Apostel, durch die ewigjunge und ewigfrische Lebenskraft des Volkes gebrochen wird.

Wenn aus den Anregungen, die ich in gegenwärtiger Schrift niederlege, eine fruchtbare Besprechung unserer Zustände hervorgeht, wenn das Volk sein Messer an die Geschwüre setzt, die ich im Interesse der Wahrheit aufdecken mußte, so ist damit Alles erreicht, was ich anstrebte. Wie ich es bereits in der Einleitung sagte, bin ich ohne Wunsch und ich werde mich wiederum ganz der Belletristik zuwenden, sobald dieser Kampf ausgefochten ist. Heraus aber mußte die Wahrheit und sie muß noch weiter aufgedeckt werden, dafür gebe ich der Volksausbeutungsclique mein Wort. Warum hat mich diese übrigens nicht in Ruhe lassen mögen in meinem freiwilligen Exil?

Ich darf darauf gefaßt sein, daß meine Gegner all' die unlautern und boshaften Mittel, welche sie gleich nach dem Erscheinen meiner ersten Broschüre zur Anwendung brachten, auch heute nicht unversucht lassen. Damals streute die nächste Umgebung des Herrn Stämpfli, meist aus eben so hochnasigen als unwissenden Weibergutsbaronen zusammengesetzt, die Verläumdung aus, ich hätte für meine Schrift 10,000 Franken baares Geld erhalten. Ich konnte dieser elenden Lüge nur meine Armuth und meinen ehrlichen Ruf als beredte Zeugen entgegenstellen — allerdings zwei unverdächtige Zeugen in den Augen aller Billigdenkenden. Schmiedeten ja doch diese Emporkömmlinge gerade wiederum aus meiner Armuth ihre bittersten Pfeile gegen mich, während all' ihr Haß auch nicht den Schatten einer unredlichen Handlung auf mich zu erbringen vermochte. Aus diesem Grunde hat mich sowohl das Lob, als der Tadel dieser Leute von jeher so ziemlich kühl gelassen und ich werde mir's auch diesmal nicht sonderlich zu Herzen nehmen, wenn der Schnellpressen=Jenni in seiner Rumpelzeitung losbricht, oder wenn die mit Staatsprozessen überfütterten Herren Fürsprecher in der Berner=Zeitung und anderswo ihre verkommenen Stylübungen beginnen. „Dorfzeitung" und „Berner=Zeitung" werden übrigens in ihren Expektorationen gegen diese Schrift wiederum einen Brennpunkt finden, in welchem sich ihre zeitweiligen Fehden abschließen und auch dieses Zusammentreffen schöner Seelen kann für mich nur erbaulich sein, denn

„Pack schlägt sich, Pack verträgt sich,
Das war schon lange der Brauch,
Nicht bloß bei Feldherrn und Fürsten; —
Es thaten's And're auch!"

Nebenbei muß ich bemerken, daß Herr Jenni längst besser daran gethan hätte, seinen Degen in die Scheide zu stecken, statt immer und immer wiederum als Kopfflechter der Regierung Nr. 2

aufzutreten. Als Antwort auf seine Neckereien hatte ich ihm seiner Zeit die Beschuldigung offen in's Gesicht geworfen, er habe seine Schnellpresse erschwindelt, d. h. solche auf dem Wege betrügerischer Verträge zum Nachtheil der Geltstagsgläubiger seines Bruders an sich gebracht. Dieser Vorwurf mundete Herrn Jenni nicht; er hatte die Stirne, klagend vor Gericht aufzutreten. Am 8. Februar 1866 (es war just am „schmutzigen Donnerstag") kam dieser Preßprozeß vor den Assisen des Mittellandes zur Behandlung. Ich hatte für meine Behauptung den Beweis der Wahrheit übernommen und ich leistete diesen sowohl durch Zeugen, als durch Urkunden in so vollständiger Weise, daß meine Freisprechung mit Einstimmigkeit der Geschwornen und unter allgemeinem Beifall der Bevölkerung Bern's erfolgen mußte. Herr Jenni wurde zur Bezahlung der sämmtlichen Kosten verurtheilt; ich verzichtete meinerseits auf Kosten und Entschädigung, — freilich mit der ausdrücklichen Begründung, daß ich keinem Rappen Jenni'schen Geldes in meinem ehrlichen Hosensack Platz geben möchte. Die ganze Schweizerpresse fand es damals unbegreiflich, daß Jenni mit einem so übel bestellten Gewissen hinter der Weste, klagend aufzutreten gewagt hatte. Ich fand das auch; allein dessen ungeachtet schimpft Herr Jenni immer zu. Die Elephanten sind eben nicht die einzigen Dickhäuter!

Nach solchen Vorgängen wird man es begreifen, wenn ich mich auf keinen Zeitungskampf einlasse; namentlich mit Herrn Jenni nicht. Die Antworten, welche ich der Tagespresse zu geben habe, wird man in einer zweiten Broschüre finden.

Soviel zur besseren Orientirung. — Ich verlege und verbreite diese Schrift von Bern aus, damit nicht die Gerichte eines andern Kantons mit der Berner-Wäsche behelligt werden, sofern nämlich, wider alles Erwarten, Jemand sich zur Klage veranlaßt sehen sollte.

Damit Gott befohlen! Ich entbiete allen guten Bernern meinen freundlichen Gruß und meinen Glückwunsch zu dem begonnenen Werke.

Genf, im März 1868. J. J. Romang.